深藏的秘密

向你公开

先云　著

SPM
南方传媒

花城出版社

中国·广州

图书在版编目（CIP）数据

深藏的秘密向你公开 / 先云著. -- 广州 ： 花城出版社， 2025. 5. -- ISBN 978-7-5749-0449-1

Ⅰ. I227

中国国家版本馆CIP数据核字第2025J27T03号

深藏的秘密向你公开
SHENCANG DE MIMI XIANG NI GONGKAI

先云/著

出 版 人	张　懿
责任编辑	安　然
责任校对	衣　然
技术编辑	凌春梅
封面设计	集九書裝　彭　力　Zor Jassbee
出版发行	花城出版社
经　　销	全国新华书店
印　　刷	广东新华印刷有限公司南海分公司
开　　本	787毫米×1092毫米　32开
印　　张	10.5　1插页
字　　数	190,000字
版　　次	2025年5月第1版　2025年5月第1次印刷
定　　价	48.00元

献给未能在一起的初恋湘婷及读者。

前言

我把叹息和苦痛，灌输在这本书中，你要是把它打开，就露出我的隐衷。

——海因里希·海涅

当事业与爱情两大考验不期而至时，我们的选择已经不再是单一的；也有人将它们等同，过着半游牧的生活，甚至一边玩味金钱，一边玩味情爱，然后便苦思全部的金钱、全部的情爱，前提是已失去过。

是啊，我正在失去她，不是后悔的良药可治得此病，不是毅然决然的坚持给感化的，让无须物质的差价与盘算的恻隐冲昏了头脑，而仅是做到尚有一丝对爱情、对灵魂不麻木的追求之心。我找不到心灵落脚的地方，羡慕理想下的花花草草、飞禽走兽或一只蚂蚁。

我的没落不仅在于情爱，且因情爱而生，只怪人经历过却从不反思，或是感性的生物链，或是物质的欲望，或报以神的法力，身陷囹圄；我向神明阐述一个真实的艰辛爱情故事将要面朝悲观的种种心事，文字将会救赎我内心的无奈，用一种方式将大海波澜壮阔的潮水流进蜿蜒狭窄搁浅的河床上，静躺母亲边的婴儿在休憩。

　　我将已发生的一部分故事写在这儿，我多想将这些内容拿给心爱的人看，但没用，早早写过的诗仍还在风里颠簸，倒真拿去给读者是欢喜的。

　　她的拒绝不正是使我悲痛？这产物是属于迷路者的爱的回旋舞，在第一个爱情里转啊转！

目　录

序诗

一

我贫穷的日子过去了
唯有实现理想使我再次回到贫穷
无所谓了，钱多或钱少
都像一座有棱有角的大山
压着那粒种子永不知绽放之花的名字

我要重回到真正的我
但不再学那幻梦的浪漫
并非真的贫穷，也非真的富有
如扔向森林的一粒种子的贫穷
也如同一粒种子苏醒后的富有

两者皆是我的爱——
那不过是性格与骄傲裹挟突破土壤
付出必不可少，通向自我的路上
仍须向着更深的土壤扎去
——待见生命之花束
随森林里孕育出的泉水不断响彻

二

但愿我的歌能把人的心弦打动
但愿我能乘风破浪寻找一片乐土
但愿我平静安宁唯独对爱燃烧
但愿我赢得人生痛快平息那追忆渴望

我还惦念过往，沉溺幻想时分
已近牧歌与黄昏，充满理想的国度
我恳请朝霞的狂热由金色太阳的一吻
年轻纯洁的真善美从此生机盎然

我寻求真理的旷野和旅程的甜忧
还有我荒废的岁月和永远的劳作
我愿热爱生活，哪怕醉酒般的心胸
难道世间不该零零散散而通过眼凝聚

我那大胆的希冀、尘土的光辉
我既无天赋也无七弦琴
但愿我是为自己心胸谱写入眠的歌曲
为的是理想国度的光荣，愿自个儿平静安宁

今夜我为沉默者而歌

今夜我为沉默者而歌

这粗糙的诗又同我的双手相似

我的眼及热切的心

沉默者，我并未令心冷却

只是觉得

这世间美好值得我去等待

我将等待你，我将找寻

来到大海边

我听见沉默者歌唱

她唱着海鸥、白云

及海浪和海风的声音

藏匿于温柔的

浅滩之下被金黄的沙子包裹

或月光下

行走在沙滩上对着美梦

尽情吐露心声

被人的感官

感知到的一切，我羞怯地

爱上了你

这万象之中，我若离开

就算我有幸去到山林、

湖泊，还是命我等待的沙漠

我都将找寻不到大海

赐予的神圣和纯净之物

蓝色的梦

夜里醒来，蓝色的梦和蜜蜂的叫声

交织着，浮现露水滴出的泪

金黄的石头，这铺满

走不出几步的黏土的路

我感到是自己的呼吸代替了眼和玫瑰

像孤独时或大地的颤动

头发一直行走，抖落黑色的阴郁

爱人，已没有阳光下的爱人

无阴雨天的忧郁

这爬满葡萄藤的活力和登上山顶

楼梯与人和空气较量着

所有行径的黄昏的鸟群

像自由生长的花束所绽放出的运动

消失，陌生，来临，游走

爱抚过的海的泡沫

我知道这声音，如苹果掉落和树脂

流出像水一样忽视的痛楚

清风吹着宝石般的光芒

在裸露的石头上如一个太阳

火红的太阳，抚慰你心头隧道一样

赤裸着走出困境，沐浴着太阳

太阳是贫苦的心和大理石般的脚
我想象中的亲爱的
水晶脆弱但须在坚韧的心中
就像你在我心中，萌芽在我们的脚下

水手

夜晚，一群星是你的眼睛飞临
到我宽阔的河边流进大海
旅人敲击着风
像明眸的泪水穿行在荆棘丛间
假如你是爱我的，黑夜很快会消失

假如你是爱我的，海水会退回
带上口吻重新开始
新的爱和新的岸
船的桅杆是新的希望
歌唱的风带我们去到
东方的篝火旁停住
旋转，舞蹈，躺卧，灼烧
毕生犹如赤裸的甲虫抚慰着月光

想到我的爱不能将你拥有
还有什么可做的
白云和蓝色的天
仿佛船上的水手永不能上岸
永不能说他的呼吸
友人们听见大海的喧豗偶尔前去观望

过路吧，行路人，这无数的口

无数的心不等同停步的脚

走进生命的，是你不喜欢的山顶上

岩石中长出的一棵树

然而它正是航行的水手

爱的信仰和唯一信物

我深藏的秘密向你公开

我深藏的秘密向你公开

宛如绚丽星空划出流星

在繁星与月的照明之下

一闪而过仍是人类的情话

虽来自遥远的太阳

虽对太阳的永恒漠不关心

那颗强大的心仍与地球相连

告诉我，什么与你最相像？

请把你平静的足音跫然带到我身旁

若不是夜空以黑色作为背景

犹如人生一切未知的时光

又岂能点缀繁星不断闪耀？

如同美好时光与心连成一片

我深藏的秘密向你公开

宛如绚丽星空划出流星

告诉我，什么与你最相像？

夜空、繁星、明月、太阳、流星？

请把你平静的足音跫然带到我身旁

幸福的书页

是你，是你打开
我幸福的书页啊
又将它合上
留下我孤独一人

轻声细语到无声感叹
时光飞逝，没能遗忘
一条岔路早已延伸
去往不同方向的归宿

你，幸福的神韵啊
将你引入爱的巢穴
你们也就永恒地
居住在了里头

我，痛苦的船只
只靠星星在为我指路
开启我孤独而漫长的
诗歌之旅

我没能上岸
没能前往你足下的舞蹈

你们举手投足
替你戴上花冠

我那不曾化作悲伤的泪水
时常为思绪写下的
独自古老钟声敲响的字里行间
一直都有你的身影徘徊

时钟从未告知为何离去
你也就一直停留在我的心里
因为我知道，人一生的回忆
如酿造美酒，越久远越芳醇

在一次一次的情感中

在一次一次的情感中，我已没什么可对别人说的
但相遇真的很奇妙，我该多幸运啊，忠贞的诗人
你该对她说什么？你什么也没说，你在愉快地祈祷

她发出声音就同迸发思想，从而被内心吸引
真善美也来源于此，爱慕使幸福早早感受欣喜
瞧，我在享受午后音乐以外的创作灵感和美好遐想
多少次我感受到这种力量的强大，可谁会
承受这种力量

除非我把生活领悟得更深，而你需要从中做出选择
一颗诗人的心，已感受到了幸福在向甜蜜时光挺进
尽管这仍是一个谜，我都愿意把愁和泪交还给命运

我要用一切努力和身患相思从你那儿把欢喜赢得
我将创造更大的梦令你休憩，稳稳地不愿再离去
这并非怜悯的爱，新的血液同样也来自苦难的岁月
在一点一点走向结束时，这些诗歌会在你唇边露出
甜美的笑声

如果你爱他

如果你爱他，请别在他对你
满怀热情时故作沉默
也别在一片阴云下做判断
或在逃避路上迷失去向

因为将他看作荫蔽的夜空
无法显明你美丽的整个人
又或是，飘忽不定的细雨下
招致沉闷、消遣、黯淡

如果你爱他，请别把阳光遮挡
你们隔的只是清晨短暂的薄雾
那照射自己身上的希望从来
都是适逢其时所产生出的机遇

请别让对人世的快慰在时光里白白流逝
如果你爱他，你就不会不明白这道理

此刻，有谁能比得上你的幸福，我的朋友
我甘愿把它追随，可是无人能使我称心
就算荣耀、自由和财富都没法与你相比

在奔波劳累的人心中，你是情感与智慧的美人
我的哥们儿：我的心、我的眼眸、我的微笑
都在为你的幸运而感到美丽

原谅我，曾一度把你迷恋，却不敢看你娇媚
我曾感到过的羞涩如夕阳的美盼惊扰无数次睡眠
我已不记得了，却是无尽思念，手、鬈发、美眸
在庆幸那该是如获至宝，视为珍爱永恒吧

朋友，我不该在这时向你倾出爱慕或苦水
我该像投出橄榄枝一样送出对你的万般祝福
我的爱情和幸运还未到来，你该知道我的心思
作为诗人这颗心已苦思苦想，抚今追昔

假如你成为我的妻

假如你成为我的妻

我会走进自己的家门

这会是我熟悉的一切

安详地靠在沙发上闭起双眼

只须用我的耳聆听着，就足够幸福

我深爱的人来回走动

还有关切我以外的声音永远动听

哦，还是我女儿愉快玩耍的声音

假如你成为我的妻

我们的郊游不会像朋友那样

满满的爱意

和对憧憬的未来

如对春柔嫩的枝叶生长报以答谢

假如你成为我的妻

在这人生的旅途中缘分突来

我会在盛情或不惬意之时

向你在不经意间投入爱的目光

你反复做着同样的举动

你会对我敞开心扉，青睐有加

全凭这魔术般的应答，还有

我那见习的理想和为人

假如你成为我的妻
你的美貌无人能及
尽管你没恋爱时那么美丽
（瞎说，是没恋爱时不那么打扮而已
恋爱时的美丽随脚步一会儿在你前面
一会儿在你身后，在跟前就怕令人羡慕）
但现在远比过去动人
这打动我的不是你单一的行为
而是我时刻想象我俩结合时
那幸福扑面而来的气息

假如你成为我的妻
我不会盼时间过得有多快
女儿多久长大，会走路并先叫妈妈
首先，我不会在意这抱着嫌累
还哭得泣不成声又傻笑挥舞着拳头的小家伙
其次，我要把时间无限递增下去
只因我美好的妻、不受打扰的女儿
和不肯下沉的黄昏，永把人间爱恋

假如你成为我的妻

你会平淡无奇说出爱我的缘由

此刻，我会从梦中惊醒

流着泪，这辈子绝无可能，流着泪……

我心中依然充满忧伤

我心中依然充满忧伤

这莫名的惆怅，已不再

是早年为盲目的前程

来拔高对内心的呼声

塔顶的桂冠已无暇理睬

胸中曾燃起的爱慕不会被唤醒

像沉睡者为了不失眠

所摒弃思绪一般

为何，让我漂泊于此

到处充满真挚的友情

在我眼前做短暂的停留

甜蜜的春天随岁月一同飞逝

留下生活和那驻足的眼眸

又何必让这颗心在尘世里

徒然新生

生命已不再是真诚的辛劳

赋予另一个人敬重的德行而结伴同行

而是在游戏的玩弄中招致冷落

都不再吸引我了！也不愿

将爱情的心灵呈现出悲伤、慵懒

已不再是忧郁的愁思和无望的迷误

我与你亲近

我与你亲近
华丽的我早已失去了沉重的幸福

没人愿意交付盛情产生的欢乐或泪水
我们已把无数的晨曦和生命抛下，无数

多年来，我们常常谈论甜蜜的悲伤、心酸
是不是在疲惫的空虚中迷失孤独

多彩的天空，也一度忍受寒冷的夜空和雨雪
永恒的时光也在同鬼魅的黑夜共歇一处

与此同时，还有成千上万的幽灵将撞破夜晚
守护自己是跳动的心灵，使我们露出微笑和安眠

生活，没有人敢扔掉，即使地球仍要保持正常运行
太阳光焰的强烈胜过神圣，但仍安守在轨道的中心

万物赋予生命以生命、死亡以消亡，亲情却永随
如今谁敢自嘲一贫如洗，仍不顾一切把爱情抛下

永远都不要去谈论爱情

永远都不要去谈论爱情，更不要去触碰，永远
一颗高挂的明星，永远都不要去追逐；你明净的眼睛
永远都不要去照射，它如河水中闪烁的波光，飘忽不定
没人愿拿感情开玩笑，只是爱情是自由的
而自由更接近痛苦，只有人们亲身尝试或抛掉
天空要把鬼魅的夜承受，还得忍受冰冷飓风袭扰
断然不知清早是雨还是晴，切莫气馁，晴朗会来
请耐心等候乌云消退，含苞的花朵需要
雨水；没人知道一切，像眼睛流露出的那样
只有天空初露晕红，那一刻的心境恰似一种喜悦
不是爱，不是爱，当艳阳高照时，仍不是爱
自己面对酷夏的高温、生活不报丝毫怨言
并说亲爱的，我爱你不比爱这四季少，我已爱了
二十四年，用学来的爱与你们剩余的五十多个春秋

当我注视着

当我注视着
发生在自己身边的一切
我看不明白：早该属于星光的影子
这影子在黑夜里闪烁着真实的言语

我在失去从未获得的晨露
那些被星光和白云亲吻过的露珠
一边滋润树木，一边被清晨的阳光爱抚
虽直至变没，但被淋湿的万物已成气候

那些洗涤心灵的港湾的雨水
在碧空的光明中找到了一群鸟儿的身影
而你，正与一只鸟儿穿过我的堤岸
而我，一束光的影子，在深渊，在消退

被黑夜和自己的心跳包围
这跳动的生命的命题构成了
痴迷的眼睛、粗糙的双手和迷失的双脚
一首首痛苦的诗歌不怀抱任何希望

不再认识言语，不再认识胆怯
不再感知有一切星光的影子

与生命终究有什么关系

与没有我的一切——哦，我有过难忘的时刻

我爱星光，爱不朽的言语

和从爱情走出来的

如蜜蜂嗡嗡的真实存在

我爱人类，像大地爱我们一样

快乐的花园

快乐的花园，只因你大胆的尝试

和顾及她貌美的尊严，爱情就从口出

她初放的鲜花，令你怦然心动

谁要是误导思想，说出天并没有比其他明亮

而雨过初晴仍无动于衷，那他更适合黑夜独唱

我的爱，它吞噬着一切，包括美和善

你的手掌、发丝、可爱的脸、眼睛，那吻

像点了鲜活的生命之火使心跳热烈、炽热

你不该阻止火的燃烧，你只管翩翩起舞

你又何必展露愁眉，我在添加生活的木柴

要知道，命运的举止，凡事都须坚持和忍受

爱情的折磨和忠贞不同，得到的都得经受住考验

一切的痛苦都将过去，像忘了云那样

只有灵魂是我们向往的崇高之地

只有坚贞不渝的灵感

在结识的人中有我学着爱的内容

在结识的人中有我学着爱的内容
我们是爱里的无知者和暴躁的毁灭者
又同时不可否认是性情中人和苦恼的独唱者

我们来时懵懂而好奇，去时却再也没法忘却
凡事能抛弃掉的，必然添加烦恼，思绪横飞
我们不谈爱情，朋友就一定会自然地来

我们不谈诱惑，那么跟我们不敢直视黑夜同样惧怕
若对昨天毫无留恋，如何将一颗饱满的心
交予明天的朋友
得不到审视今天的所作所为，真理就会擦肩而过
明天，跟活在任何一天里的梦幻没丝毫分别

露珠永远填不满一口水井
意志和真理的大门从未关闭
真情的价值无可估量，取决于一颗心的真实情况
玛瑙的心与红宝石的爱在明媚的阳光下同样闪耀
那是抛弃浮世繁华后发生的神奇反应

我爱慕家乡的姑娘

我爱家乡的姑娘，这是多美丽的事
这游荡的眷念啊！梦幻和迷茫让我一度想念家乡
我不曾憧憬外面的世界，明白憧憬须劳苦
我的眼睛早胜过那红玛瑙的辉光，期盼钟情

我愿竖起耳朵倾听来自家乡的姑娘的亲切问候
那低回含羞的目光叫人怦然心动，陷入愁思
披散柔丝鬓发，貌美犹如锦上添花

我希求安稳、家的归宿，生活之梦离不开守候
期盼之风不时送来阵阵温柔
宛如皓齿明眸显现芬芳

我明白安定的心早早与家乡的土地紧密相连
该如何把心中刺痛消除？唯有家乡习俗
为何内心如歌，对往事殷勤留恋？眼泪如露珠
切莫怀疑这颗漂泊的心，它时刻注视着沉思和足迹
没有比爱情动人心弦的箭更能射出明媚的晨曦和生命

北国的旅途

我在去往北国的旅途中想起了你们
想起你们带来的希望、欢乐和幸福的亲昵
想到我们心与心的距离——
啊，这旅途的火车将带我去哪儿
它不带我去你的身旁，什么使命
令你离我而去——竖琴的声音从此沉默而忧郁

啊！想到天意和命运，还有神圣的爱情
天意就像儿童的魔力沿着思想，将你我唤醒
然而命运是世俗眼中的一堵墙：
它阻挡了我们通向相爱时做长久的相伴
——目光如炬，怆然泪下
如同这行驶的火车，落日的晚霞在原地未动
但已逝的希望和爱情很快迎来了夜的眸子

爱情

是爱，就无所谓卑下，即使是最微贱的生命在爱：那最微贱的生命献爱给上帝，宽宏的上帝受了它，又回赐给它爱。

——伊丽莎白·芭蕾特·勃朗宁

我想到的依旧是你，我将再一次把你想起
这是多少年前的名字，在我心仍感到一丝寒意
就当我故意想起你吧，因我的诗歌装载着你呀
我想到从前，但不知从何想起。正是如此
令爱被打乱，千百个篇章只有一个主题
那就是爱，我目睹它像花儿般盛开然后凋谢

我的成长、我的记忆，从此烙下了痛苦的痕迹
纵使神成全她，还是为今后能给予我更多慰藉
我都得忍受这最后的裁决，不敢违背爱情
这或许是神的魅力所在吧，为此我还得自觉成长
从未问过你是否喜欢我！但你一定知道我热切的心
如今它还值得在诗里坦露我眷恋的心，久久萦绕
我也从未得到过美丽的爱情，这易逝的韶光
这点微弱的日光在强有力地说着：快爱啊，快爱啊

我已经在奇幻旅行的路上

我已经在奇幻旅行的路上
在远方，在火车上

在身旁我感到自己像人类
远方，我热衷于汇入平静的流水
直至出现绿树、小草和无名的小花

我终将从无为的空虚中到怀抱所有希望
到安宁，到井然有序，到富有的想象
到成长到下一个天明，我会看更多的星星

我会留意远方，我会重新爱上这里的一切
但我最热爱的是家乡
我会睡得更早，我会起得更晚
我在寻找能让我安睡的美梦或细微之事

最好有打赤脚的土地，最好有
听得见的呼吸的空气，最好有时光，有思绪
最好有你，我会说：笨蛋，你看；笨蛋，你听
你会准确而快速回答：哪儿呢
我直指远方，笑着，不发出声响
我会去做，去吻，去贴近

去远方吧！去旅行吧

就像从来没受约束的大地、天空和白云

你会揭开并有所领悟微笑背后的一股冲劲

你会发现，你爱上了它，爱就成了追寻你的那股力量

——从容易走向困难，从困难走向容易

你或许不再看到昨日的我

你或许不再看到昨日的我
当被问及你是否遗忘
那些你不曾化作梦的回忆
它真实存在过。希望有如翱翔

你或许有过难忘的时日
像大地一样——清晰又渺茫
倘若一种责任也像它——该向哪儿寻找
结不出果实，渺小而宽广

总有一些是属于你的
我不会拿四季的更替来强调这事
我也不会把你和你的爱人比作春天
我有过难熬的冬天

我不再为过去的一切而感到伤感
仿佛一个杯子被击碎了，也就定格了
如同一场雾的降临
没人敢说自己一晚上都身处雾中

我不会告诉你真实的我
因为真实并不存在

因为选择了就意味着另一种放弃

我放弃了你——我仍生活在时间的长河中

倘若人们说他们是天生一对

我敢说他们仍在经历磨难和考验

倘若人们说他们彼此很相爱

那么只须亮出手上的戒指

你不会想看到我现在的状况

生活没有把我欺骗

反倒是我常常把它诋毁

我只能写诗作为补偿

难道生活就没有让你想象有我

一切奉献竟依赖那么少的时光

那么多的时光里，少到还不足以忘却

那忘却的，留下了你的一双眼和微笑

我缓慢地，不动声色地，凝视着

过去和现在，爱情和友谊一样

亲人和你，不会不动心

正像我现在看到的一样——地久天长

不会再有什么与我们最相像了
无论树叶还是人
那都是热情的言语发出的自己
——那不是失去，因为你还活着

要让心灵永远美下去
就该允许你爱的人离开
因为人是离去了
而爱却永远长存

爱就藏在我痛苦的心里（一）

爱就藏在我痛苦的心里
命运之箭早已射中靶心
一朵玫瑰不与蔷薇争艳
是因为无人能使我称心

蔷薇也娇柔但无限妩媚
对她柔声细语颤抖温情
无奈，春去秋来花儿谢
期盼之风不时送来热泪

共饮美酒的愁苦
蔷薇的心最终化成巨石
诗人的竖琴只剩下叹息
青春的美景也从未停歇

是远见卓识者把你拥戴
无非抛弃爱情此起彼伏

致逝世的婶娘

我的亲人，你若看到这些
你也就看到我一如既往的努力
但这还不够，比起我失去了你
所有的艰辛都不及你可亲的眼
你那双眼带来寻找幸福的嘱托
我不曾忘记！我嫉妒的幻梦
愿你宽恕，我已积极生活
我的泪曾为爱情流尽
如今又在你这里重新开始
我不感到悲伤难过
因他自有他充满的希望
就像生命之根的一次枯竭
而另一些则穿过黑暗的冬泥
春之律动使它穿过年岁
携永恒的光束与我们心灵相通
这泪将以吻报之以吻
以便而后报之以爱、团结、缅怀
像分离出其他种子上的
果实所绽放出的花束
愿我们永远被爱戴，永远
直到先辈们有一天
看见了你

只要是追寻的曙光

只要是追寻的曙光

只要是发出欢呼

只要是你的出现

我立刻欣欣然

要是赢得她的欢欣

我愿把幸福化作一首首诗

在她的耳边低语

我那求索也能成为太阳引领方向

可是没有谁

真正了解过自己的内心

再从外围事物和

残留下的时间中

去了解另一个人的内心

如同手术使人苏醒

如同梦幻觉知迷惘

所爱之人是有福的

那慧眼之中的灵动、情感

所到之处，犹如星辰和美酒

要是肯答谢我诗中闪耀的虔诚

我那心灵欣然感到

你那智慧胜过美貌

不动摇地做出抉择

就像胸脯通过呼吸发出的跳动

温柔就会让两人融为一体

我要是不肯把你爱

不说那愚蠢的几个字

或不通过行动加以修饰

那么我可就真愚蠢了

而你不肯说话

或者完全否决

那么你同所有女人一样

美貌胜过智慧，徘徊不定

我在消磨忧伤的时光

我在消磨忧伤的时光

和感到寂寞的不幸

幸福的菩提树可感觉岁月蹉跎

造物者造神圣的树与根

在永难磨灭的时光中

难见彼此相爱的模样

虽生命连接一体

心灵也可同一致的愿望

向朝圣者追求强壮与繁茂

可美好当空尽属于枝干和绿叶

宛如我心爱的女子

晨曦含露，晶莹的容光

虽树下深土中也藏匿着

希望的水源与生命的饱满

却不知黑暗中孤寂

使这颗心苍老，沉寂于孤独中

任肆意的根系交错

那永难磨灭的记忆

啊！你晶莹的容光

我倾心于未来幸福的慰藉

将深深地爱着生命所选之人

爱着生，爱着死

假如天意还不曾暴露爱情的呼吁或情人的容颜

假如寂寞的天使迷上了诗人，而歌手，你又在何处

请将这思慕的优美诗句朗读

不要问我为何这般忧愁

春天凋谢的花固然重要

新的生机将在盛夏吐露甘美果实

请不要对生活恣意指责

相信吧，真情实意绝不会

舍下勇敢的心独自面临千重灾难

多少颗热恋的心燃成了火炬

多少颗热恋的心燃成了火炬
照亮它的仍是自己沉重的思想
除此之外，一无所获
我仅随命运的意志在花园盲目游走
清晨朝霞的花园转向茫茫原野
又将是我去往的下一站

或许不再有痛苦的沉浮，没有忧伤
爱的世界变得无底洞般
愿心仍旧柔情满怀，炽热的思想激昂
而爱正如浓浓烟雾
谁知道？越是投入
越消耗体力，越迷失方向
让命中注定的时刻等待烈火复燃
期盼回到春意盎然的花园，尽享馥郁芬芳

见到你时

见到你时
我相信我是一个爱人
可失去你时
我仍坚信我是一个诗人

当爱情出现时
我想那休眠的翅膀即将被唤起
飞往爱情的酒窖里该醉生梦死
当物质向我们的爱情抛出橄榄枝
我想幸福的价值胜过心灵的期许

随着时间的推移
爱情有了，诗人也有了
泪水和回忆也随之而来
岁月里也时常伴随幻想与忧伤
而生活里早就驻足了慰藉

安静吧，我的心灵

安静吧，我的心灵

也许你听到过很多声音

孤独的声音，奔赴大自然的声音

还有住进那个你曾最快乐的日子里

聆听着用思想和真情换来的相逢之声

你屏住呼吸，任由心跳献身于期许

秋日的金黄带来了美梦

那曾是最显美丽的关切和最荣耀的幸运

那曾使我青春的梦像弹奏的钢琴曲蔓延开来

把忧愁的眼光收回吧，美妙的时辰已飞逝

把含泪的颤音也收回吧，欢乐的唇边的

私语已无人再需要——凄美而成群的落叶

安静吧，我的心灵

那一曲钢琴曲仍需自己去弹奏，直达心灵深处

我不知道怎样爱你

我不知道怎样爱你

不知道怎样开口讲述

少男少女那隐晦羞涩

如何双眼目视且依偎紧靠？

哦，我想象它是一场骗局

用最不擅长的行骗方式抚慰开口

我用我单纯的心将你试探

却不知，这是我

仅剩下一缕阳光

我爱你，同我跳动的心一样

同我翩翩起舞的形体般欢畅

我想这该是情有独钟

请让我先向你低语，然后

（你云里雾里，想一探究竟……）

往往真挚的情感诉说是祈求同情

（这时，你沉默不语，不予理会……）

再配合一剂心灵鸡汤和良药苦口

苦口婆心是使心扉的大门放开歌喉

哦，感谢你沉默不语，心事得以倾诉

哦，他自己含着泪，战栗，跳动

轻松又似失望，徘徊、勇敢和希望
他就这样朝你放声歌唱
他仅这样爱得卑微
请把这爱的低语带去她身旁
好让她得知一个秘密的轻叹
权当希望是否破晓，风暴是否降临
一睹生平的幸福，只求心灵的应答

落日

即将沉睡的落日

有如少女半掩眼神暮光幽丽

白云伴随和风令人心旷神怡

多么自由，长久地映入眼帘

若白云挥舞着翅膀展露绣口

挥洒着金色的太阳

就会射出光彩熠熠的亲吻

弥漫着狂热

请不要对诗人恣意指责

欢笑的孤独和纯洁的梦幻

钟情迷恋才是人类最大的福祉

未来，一切美好的机遇将誓爱如初

诗人即将步入春天的乐土

在向往的道路上等待着人生的筵席

我这颗狂热的心烦恼不已

而非事事萦绕只觉爱火燃熄

命运之旅不再向他举案齐眉

我们凭借烦琐的事物去生活

大脑里装着疲惫却沉默不语

而真实的人们已在玩世不恭

倒像是面包遇面包嗅已发霉
或爱情遇到幌子也着实厌恶

痛苦回味又把情人映入眼帘
莫非人性的缠绵对张张面孔
有如过网的细筛，移情别恋
我狂恋着惋惜之情
若是嫌思念秉性太过于枯燥
那么责难之余请将缱绻遣还

我们凭着什么过现在的生活

我们凭着什么过现在的生活
是美吗？是思想，还是意志的大门
敞开吧！你不会感到有什么舍弃
你会体会快乐、淘气、可爱与欢愉

别丢下我们，朝家的方向，去吧
那里没有黑夜，只有白天和星星
留下吧！你们阴郁的昨日
随白云飘逝。人不得不继续爱着

你们离开了，还是离开了
我大胆的诉说把花谷丛中的鸟儿惊吓
去到别处吧！不愿干渴地筑巢
人生没有轨迹，爱更没讨要的说法

我不愿用更低的格调爱你

我不愿用更低的格调爱你
我的爱像分手后的痛楚
和所谓的珍惜来爱你
后知后觉，凭心来爱你
或凭寂寞来爱你

你呀，欢快的恋人
请细数那些良辰美景
可是，我由衷地不愿令你厌恶
在诗里表达我格外明朗的情谊

同时，我尊重无尽的忧伤
在我心中浮游起断桨

请不要为此低眉，静听佳音
我的爱与心却不同于我粗暴的
脾气，我的嫉妒、我的精神恶癖
种种表明我的爱啊，与你难处

我有准备

我有准备，我有所求，且了解失望
我即将沉默，天涯的旅人，我追随你

严酷的岁月里
日子飞逝，没能把你留住
日子飞逝，没能把你留住

我憔悴无语，又默默忍受
我俩分离竟是这般隐秘
如流星裹着火团坠落
却并未允诺人间留下它那颗心

燃烧的心灵有何益处
它在我们头上洒满雨露
它在我们希望的路上投掷石头
它让这世界上存有可爱的地方
它又让这一切只存在于梦幻

这情感的足迹啊！在十月里
你忘了？你难道忘了
十月里，你瞧她多情深
她瞧你多轻浮

你那流泪的眼睛全然不记
你那誓言换不来一句信任
哦！恋人们活不过明日
明朝又将是缓缓地，漠然淡忘

让我这颗心像露水滋润万物

让我这颗心像露水滋润万物
小草、花径、蔷薇、飞鸟、蛛网
都有深情的眼眸和抚爱

空气弥漫着和谐家园，隐约在晨雾中
一条河流的流经跟那发出的声响
顷刻间涌向美好的记忆也该如此
动听；要爱，就爱流逝的一切吧

清晨，阳光驱散薄雾，智慧之眼
瞧瞧吧，你有这么多要爱的使命
当我们说到，此情可待成追忆否
这奇怪的勇气如勇士般斩钉截铁
令鲜活的生命又焕发出爱的决心

自然本该使人赋予它更多的关爱
就像我们应当将郁金香交织心结

我知道女性的美

我知道女性的美

我知道女性渴望

爱她且形体相称

接受男子的抚爱

我知道某个年龄

女性更轻易步入婚姻

我知道步入婚姻的女性

比起她的美

我知道女性神圣的职责

高于神圣，从身躯到哺乳

我却不知道

女性的爱意如何产生

——日出如何美丽

——夕阳如何隐没

人类的情感却止于

人性的忧愁善感

尽不知，无外乎

心同善追逐且胸怀坦荡

若想从诗人口里谈论女性

他知道一切美的箴言

時光終要跑来把我的爱带走

时光终要跑来把我的爱带走
毫无防备，敲击炽热的心门
原以为我们的爱情吸吮心灵
将持久保留那灵氛
令我执迷你单纯深邃的眼眸

我们谈起那动人心弦的话题
我们交往过的无数次的景象
我们祭拜亲人，穿行于山路
我们互帮互助旁人中的情人
然就从未察觉你心肠的改变

物质向你年岁投以款款妩媚
你也效仿别人质量的婚姻法
如你不能把我们的爱情赞美
而我的陈词难以被世人熟知

请向我寻求低语

请向我寻求低语

我爱得已够多

心生烦恼，独自翩翩

那永结的心声

藏匿辗转，低垂脚边

永难磨灭的交谈，在深夜

如今希望隐遁

意志之翼陨落

离我者平静乎，爱我者不识我

一朵洁白的云

何来识路的轨迹

高悬夜空，飘浮幽暗中展露光彩

在
火
车
上

在火车上
整个地平线仿佛又回到了
我们相识的那天
我们一同搭乘过的火车

哦，最令人难忘的是
我去火车站迎接你的到来
每次，我都去迎接你的到来
我爱那时辰，爱那人群中
忽然出现你的模样和笑容

哦，我消磨了那些时光
不仅是消磨，我感到悔恨
我悔恨时光不能倒退
悔恨离别时你对我的冷淡
尽管我从未对人说起
我遗失了你和你的爱

奇异的幻想
它们在把我向你熟知的一切
在心底做无私的回想，做重温的眷恋

我们头上有许多迷人的憧憬

和许多我们还未遇见过的向往

许多还未发生在我们身边的故事

它会停留在我的梦里

和我所能写出的诗行里

以及在这火车上，和你那打听到的事有关

我将那三三两两的消息中偶尔的念想

——回味，频频回顾

但一切都已经不再回头

信

西风的歌喉拖着牧羊女，缱绻——
樟树摇曳叹息无归人的忧郁
月亮透过枝干温和的星
前来窥视我露宿的住所

我苦思来的心上人
她已远离我诗言的问候机遇
欲加的夙愿未了
写了一封辞别信
月光洒落在了我的情书上

柔白的光洁的清辉
裹闪在抖动的笔尖长长的字行间
凄声流涕笔下的沙沙摩擦声
期盼的西风狂怒
静听悔恨痛斥，无眠

多么忧伤

多么忧伤
当我注视着
一个六年走到今日
已结束新的开始

心灵在沉寂中被你唤醒
我想，我应该留住你
哪怕用最卑微的爱，或用
过去被你忽视的执拗

我都要留住你。我需要你
我不再害怕自尊受到打击
我要做你的伴侣！你做我的
回应者！命运再一次给出希望

在心灵的深处，我已
无法忍受与你分别
你可以挠我的心，触摸我的
心跳，在我紧握的手里抚慰，依靠

我靠在你肩上
听着你的呼吸

我睡着了
我昏昏欲睡

但我的心灵和触摸
提醒我时刻醒着
我贴近你的胸口
它在盼望你能伴我度过一生

请明白我对你的心意
我对你已讲述全部
围绕爱与生活，今生无来世
望你的命运已认定了我
只差用行动证明

请停止你的爱

请停止你的爱吧，做平静的交融
可是，我那深邃的心仍感到
存有一丝激荡的血液，向四周漫游
心田于漆黑中燃起一团火焰
我感到青年的追逐和暮年的怀旧

那么，你转向何方？这火也似温暖
昔日骄阳的幸福可用琼浆换回良夜
花儿与绿叶对枯死的落叶、花瓣
如姊妹中的一个，为蓓蕾，或是
清风，相和谐！做永久的爱慕者
有天，夜莺的歌声来临，又转而飞走
你未曾因歌声而爱上后来的善良
跟可爱婉转，陶醉星空下倾诉衷肠
像星星一样，瞬间出现，彼此辉映

可是告别昨日的阳光，黑夜
依然犹如一切未知的世界——凄然
欺瞒、逃避、悔恨、痛斥、前行
这火啊，你可感到暮年的追逐和
青年的怀旧？犹如星空彼此辉映
请停止你的爱吧，做平静的交融

诗人，请停下爱情的赞歌
自由的心也一并停住
欢快的脚步从未涉足
这心灵的崇高之地

当一条生活之路向着我们走来
宛如小河流入大海之中
一切将变得归入平静
潮水会是痛苦的怒吼
是激动的感情

忧伤和喜悦又将乘着白昼
扮演各自的命运
有人爱着你像蓝天衬托大海
太阳的热量将海风化作相思
有人不爱你
又绝不会纵身投向黑夜的大海

他会将忧伤、泪水和期待的煎熬
伸向无尽黑夜的怒涛之中

你
知
道
吗

你知道吗？

我是怎么样看待你

除了是我的挚爱外

你在我心里的形象

是源自你此刻就在我身边

对我的认可、交付全部和我能

这般感到拥抱你——

你，可爱的丫头

你知道我此刻的感受是什么吗？

你的手和你的一切都在我眼前

是这样的，是这样的，是，好……

我感受到自己像——不，就是……

你知道吗？

这么多年从幽深的低谷尝到

连自然都不爱的处境之中

走到如今我俩能站在这勤劳

人们修筑的高处——我们相爱了

相爱了，从此，谢谢……

这愉悦，澎湃、激荡和洋溢着的

你明白的，你明白的……

就像这光明一样

像我们呼吸着空气一样纯洁

不，就是的，就是的……

你愿意听我交谈，我就说下去……

你知道吗？我能俯瞰人群，此刻

我却不愿看别人，我眼里只有你

只有你，只有你，只有你……

我拿什么给你做嫁衣

我拿什么给你做嫁衣
圣堂之上的妙龄少女
施朱傅粉，皓齿红唇
我心爱的少女
充满爱心的少女
嫁衣须同心灵一样盛装
我须再深深读一遍你的心灵
好来做出你纯洁的嫁衣
嫁衣定是洁白的模样

哦，之前一切的记忆犹新
就剩结婚这块从未开启
哦，嫁衣的蓝图即将打住
我失掉了这份幸福的差事
我所做的一切努力将白费
沉痛的心思难以得到平复
仅拥有的情随事迁的桥段
爱人的心何样？作何感想

身穿的嫁衣是你梦想的吗
像少女的心，少女的羞涩
走两步定会痴迷地爱上它
你真的爱上了吗？我的恨

啊，相由心生我是爱你的

爱得如此狂躁不安，难寐
若你能说出爱是建立在我
痛苦之上，那么你定在乎
不想让我饱受思量的折磨

爱，是爱啊，一切指引你
快爱啊，在这良宵
投以梦幻的倾世的爱受用
可这作美的良宵另有指引
指向你处身现实的情怀中
我的爱无法抵达的地方
我的嫁衣同样也无法抵达

我拿什么给你做嫁衣
圣堂之上的妙龄少女
我只有握在手心的梦
梦境里有着无尽的梦
那梦的另一头是贫穷
贫穷是造不出梦的真
可这梦清脆甘甜暖人脾胃
愿它住进你心田的乐土上

开着遍地温馨的花朵

我拿什么给你做嫁衣

圣堂之上的妙龄少女

五月，蔷薇簇拥盛开

五月，蔷薇簇拥盛开，那是我的爱和心悸啊
我爱着你们，由衷地爱着
我最初的爱仍是我英明中最真诚最正确的抉择
如同美德是修于其身和心灵的传递

要是你在玫瑰那儿忍受不为人知的愁烦
也许就会像我一样深爱着至纯至美的一切
尽管没有处身园圃，却有着无尽的甜蜜
永恒最能在蔷薇上得以体现，而非价值

蔷薇的心啊，荆棘中翘首的美盼，在湿润的五月
在踏青人群目视和内心共鸣仍始终将平凡示人
灿烂如绿色中一朵朵娇巧迷人的鲜艳、绚丽
蔷薇，请令你将我的感叹以歌吟让我为此倾注所有
我愿舍弃一切，尽管我拥有的极少，少数又残缺

这颗心将漂泊舍下，我要将你采摘
在我唇边静谧吮吸
忘了被蔷薇刺伤的心吧，她的美和她的心是
不会开口辩解的
你啊，要是对蔷薇娇柔的纤茎呵护有加
天堂的美丽恍如眼前

我如苍茫大海里的一只小船

我如苍茫大海里的一只小船

掌舵的是我的灵魂

系在你生命的心坎盘踞

漂泊是风儿给的一丝温暖

然而我有了爱恋

它依附蓝天白云投射下的波光

然而我有了新的方向

那是你的芳菲容许我的亲昵

波光是阳光的神笔

是我内心的活力源泉

同你般活跃，又同你般沉默

沉默是你脚下的迷惘

沉默是你心的封闭

是你我失去言行的隔阂

这般蹒跚许我满愁着靠近你

愿沉默变得温存

如获阳光的温存

又怕离了岸

怕是沉默成了消沉

怕是你的波影被乌云遮挡

见不着底的生命失了色

暗暗的孤处凉风吹拂

然而我比风儿更焦急

我并非离了你的波涛

深知你满腹情思

苦楚是我感知你的波心

你穿着波光里的绸缎

那般注入手心潺潺的莹润

我又必须离去

生活不容许意志不坚的两个人

忘不了你沉默的负心

愿今夜月光仍有一丝残影

投射下你的波心

我仍会去彼岸

注入手心的莹润

那般的芳菲容许我轻抚

在此我爱你

在此我爱你

我只得用金黄的沙子爱你

它在我手缝中遗漏至紧握成拳头

在所有命我等待的彷徨中

如破晓的晨曦，炽热的爱因太阳升高而渐渐冷却

直到夜幕降临，黑夜托举目光闪烁泪花

我无法再爱你

我的口对你沉默了

这是我的命运，就像金黄的沙子

曾燃起我心中最隐秘的乐园

如今你偶然地出现，你走向我

那奇妙的爱，我们已看到彼此

你对我微笑，仿佛时间停止

仿佛一个花季少女在那伫立张望

周遭的事物没有发生变化，包括我的爱

而变化的，那沉入忧思是试着将我的

世界从孤独中解救出来！去获得

你满心对我的祝福！如金黄的稻谷

当我如今注视着，我不知心中还
隐藏着哪些音节沁入我的耳朵里
我的心与你走进我的生命里透露出怎样的心声
我没能将过去遗忘，也许，你也没有
可是，一想到我们其中有人离开
所有的礼物、关切在这七月过后又重归死寂

我从前这样，我现在还是这样
爱情在我的一生中对我的戏弄还不够
无人会走入身患贫穷而多情的乌云下停候
同样，下雨天无人会四下寻找待开放的花束
人们漫不经心地各自走着，命运险恶的浪花追逐
易改的容颜，无人对青春和美担责

我忧郁的目光预示着诗歌将诞生

我忧郁的目光预示着诗歌将诞生
何必在意这种盛开，前者必凋零
唯有万物复苏的春天是你的归处

可春季里变化无常，摧毁，重生
一张蛛网毁于雨水，蚊虫滋生
最初的领略通常是瞬息的一孔之见
没有比失去时更清晰地看到一切

你爱她只停留在空间却不属于时间
也不属于你；当时空在向死亡收拢
生命与青春的隔阂因不相识而愁思
该埋怨世事无常、逃避、沉默、徘徊

你那热情洋溢的诗篇曾把心上人窥探
真情被风摇曳的果实在遭受侵蚀腐烂

一星期

星期一那晚我在想
好奇将我们捆绑这几年
总该有个起色的抉择吧
我这头望着你那头亏欠的内疚
满怀着心愿想你我能走一遭

星期二那晚我又想起
谁透露风声，通报了雷公
你的嬉笑将被沉寂取代
你的理智将被顾虑吞噬
我试想的举案齐眉将被
摧残的风雨打入尘埃

星期三那晚我窃思琢磨
怎么办是好
说尽的承诺却面朝着大海的回音
猜测你已有了新的结遇
嘈嘈切切我也只认识你啊

星期四那晚信念流露
多点欢喜，少点悲戚
笑谈泪水淌过那年少的心

让你我面对这个无知的玩偶

毅然不弃朝着你稍停片刻

全心诚意地痴想

星期五那晚我越过长久的回忆前头

惊恐于那风声萧条

空气贴近呼吸安宁死寂

实不该将空洞的绝望让深爱的人体会

那平淡无奇的妙趣是你

谛想的梦与现实的结合

见着未开花的苹果树却着迷

想象着硕果的玩味

没有在变可一直潜伏

在我内心速成了辛酸

这会儿你想起当初暗恋的模样

如众所周知的那样尝尽

思念的缺憾，我笑谈

爱就是这样来恐吓

我们灵魂上的深造

唠叨着幸福该是你的了

星期六那晚……

该允许我这样情意绵绵地诉说

该允许我这样情意绵绵地诉说

虽然对往事无丝毫能追回

但它并不会因此阻止我爱的路无望

相反，这拥有情愫的基石已牢不可破

未来的一切是否有你一半的分享

视为永恒

尽管命运、希望不曾显现它独具魅力的一面

尽管受尽爱慕的煎熬，你仍是诗人歌赞的源泉

而我已不是缄默流泪的我，你也默默地

把我往更深地念

也不至于我们在多年不见的生活里

遗忘相貌而感到后知后觉

在忧伤与欢乐里我曾得到过什么

在忧伤与欢乐里我曾得到过什么
日月飞驰，遗忘是手缝中遗漏下的光
过去的岁月和爱情啊，早已停止燃烧
过去的岁月和爱情啊，早已逐浪飘离

那颗漫游的心，无目的的脚
像一木一石孤独的虚空的景象呈现其中
为了使心灵感化肉体使之生命何为
心头仍呼吸着的，愿一切有生机的努力
在行动中备受关切，但要直视褊狭的黑夜

为了怀念你，我试着到别处寻求宽慰
用着多种的心态真心实意对待和你同等的情意
然而，各种分别的理由纷至沓来，我失落而归

万事万物都在令我在你归乡之时依偎在你脚边
此刻，我胜过一切卑微时用崇敬的欢喜
无尽地爱你；然而，温良的夏日你又行将离去

死亡兄弟

你不会把我相忘
死亡的那几小时你把记忆归整
在天上你念的是我
那生时的光景我是你唯有的玩伴

我不会把你忘记， 且因我已长大
你少时的遭遇
有一日你会重获生息
我心痛得缓和，星点将令链条开启

望之可亲，遥不可及； 亲爱的死亡兄弟
那链条般浓密的星火
最圆明最闪光的那颗冰河里的星是你

我爱河，爱星
几次我从河中走来
试想走你曾走过的路

你祝愿我的生还我不敢怠慢
我是想去看望你，你俯瞰我的生活

我望着星空，犹是哀愁

悲痛将长留斯世
你临别时我未来得及送程
我将热情洋溢地望着
有一日你终将重获生息

思忖已久，你为何不来，你已重生
我今日的梦里定去找寻，我本属于你
我将活你尚未活过的生命

有谁共鸣

有谁共鸣

在这不畏严寒的冬季里

我们像昨日活出明日的样子

日复一日，没人欣赏

太阳、天气都比爱情更令人向往

欢畅的交谈与冬日的星星依然稀少

我们几时不也这样度着时光吗

没人会警惕就像没人会欣赏孤独

我们的驻地还是心田

又曾几何时像这茂密的松树

迎来四季常青

——孤独的幸运儿

坟茔

难道还需要墓碑来提醒
我所眷恋的已化为泡影
一直到最后，我依然爱你

——乔治·戈登·拜伦

我那虔诚的心啊该往哪儿走
是谁用爱情之名哄骗我这么久
如今我两眼无光，脚步沉重

这颗心呀还有什么可希图
本不该发生的，从未落下
怎么称呼？情人、爱人、亲人
除了不朽的思想，我失掉所有

我真诚实意，秉性善感
虽像河水自由流淌，不免虚耗
却仍热切温存不畏避爱情波涛起伏
坚信所有的爱都会有个归宿的使命
瞧，我今天又稀里糊涂钻进了坟墓

从今

从今
再也不能倾吐出他们最幸福等字样
再也不能按照他人的意愿
只等候那神圣的爱情射出光芒

从今
你也就离开了我的身影
再也不会出现那轻轻的诉说
生命的源泉也在流逝

从今
再也没有什么让你想起我
无法描绘只因看不着
引领爱的道路空无一人

我随想着睡梦里的安息

我随想着睡梦里的安息

与渐渐熟稔的岁月

感叹高歌的凄美久别

流水寻低谷的旅程

我随想着轻跬里的音调

与沉甸心田的情结

青春的神啊

你那泛着酡红的脸颊

背过身就领着戏曲叛跑

一路多姿的生活

唯独我多一处焦急

我随想着放不下的记忆

那深刻沉重而无从弥补的记忆

如同要脱壳的知了

褪去了它弱小的身躯

怅惘了刻骨的生命的挣扎

又怎驱逐敢为的记忆

蓬莱从不是我所愿

放下痴情的枷锁

我将游走在空荡的心灵深处

探望

不曾感到迷茫

我不曾感到迷茫，也许
大地是一个影子，而我是漂泊者

它看得见我，我也能感知它的存在
对于它已知的事物，并非真理
对于它未知的事物，正应对了一个
迎合虚无的影子

我漂泊在它的脊背上，或施舍的手边
它正挥舞着的羸弱的长矛下
虚无而廉价的意愿

哦，该死，让你瞧见我，真难搞定
幸福无价在我这儿也没变两样？

也许，你似乎想告诉我，"有价"才是幸福
真不幸，我并不相信"影子"的真实性
就像我并不相信黑夜能让人看清

告诉我，你是要把我往哪儿领
我只要白天赶路，保准你拿我没辙

死亡和世界对我太渺小了

又或许，他们压根瞧不上我

而我思想的每一个细胞都庄严着

爱戴人世间细微之事

在他们眼里没法与你配合，使得你快慰

来满足于你切合实际的某个天意

要是你真正游访归来或致力于恪守中庸

你就应该让诗人引领世界前进的脚步

如果有一个结果

如果有一个结果等着我去选，那该多好
年轻的朋友，忧伤的时光漠然不值一提
幸福的时辰也未能敲击心酸的额头
绿叶、鲜花都难融入你生满荆棘的心

你将失去无忧的欢乐，泪水占据心田
忠贞的朋友，唯有炽热冷却不忘我
深感疲倦后仍惺惺相惜，眼眸如歌

请不要责备我悲观心事，它已把无数人关切
爱情和友谊同样值得高歌，为何择一
原谅我，这忧郁的过客，在引进你们的心
无数的诗人的心在召唤，确切深爱过

那爱的时辰啊，甘美无比，如今抛向四方
自由的心却仍保留着，相爱的机遇既如此渺茫
以至于这颗心竟无人可爱

头
发

回忆，诗的源泉；爱，诗的动力
恨，落在千里之外的雾霾中
每天都有爱的特征
一首首友爱的诗在呐喊

那些傍晚，多年沉浸孤独的人
也露出欢喜的笑脸
旁人都猜出缘由，哦
原来这个姑娘又来到他身边
红色的外套多引人注目
与他多般配的女孩
少不了热心的邻里笑语掺和
促成他们青春失去的情话

我们迎笑而过
往人静的楼上紧赶着脚步
这里没有别人，就剩下你我
和一张床、一台没法收看的电视
几张长椅跟衣柜
天边的黄昏无法顾及它的光彩
在狭隘的似心房里踱步，稍作休憩

你浓密的细发让我热衷

充满奇幻的芳香

我靠在你身后温存的身躯

嘴唇在你头发包裹的脖子下沉迷

你的嬉笑使我的沉默开口释怀

呆呆地望着你那双天生深情的眼眸

我把不朽的话说了一遍又一遍

希望你欢欣，不带一声低语

你的手连同我的手

并在我的嘴唇与脸颊两侧沉睡

我啜饮你太息的气息

暗自亲吻你光滑的脸孔

我如何将幸福召唤，醒目

夜色转浓，愿明日来得稍微晚些

你的芳香就会从天边来到我身边

如果我能爱你

如果我能爱你，我绝不会不告诉你
如果我能恨你，我怎样能遇到你呢

我只有想啊，想啊，日子一天少一天
既非爱也非恨，命运少了欢喜和陪伴

但绝不是全部，有阳光就会有幸福
流逝的时间绝不会将回忆彻底淡忘

痛苦的泪水永远不会胜过幸福的露水
正如，我爱一个人绝不会被渴慕击垮

树木能遮阴，却不能避雨
勤劳的人们却能将它建造成温馨家园

相信吧，寻求爱的道路如寻求
凛然正义

我曾在陌生人中间做客

我曾在陌生人中做客
直到认识她
像个枯竭的水井
渴慕让我心灵受触
直到爱上她才获知真相
孤独、不完整的家
使她学得一身乖巧、贤惠
惹人喜爱

为了赢得她
我从心声认真听从
直到我发出沉重的感慨
她的眼睛专注不语
此刻我赢得竞争者胜出
我低着头同她坐在火炉旁
她揉动双手尽收眼底
我一把抓住为何冰冷苍白
言不由衷掩藏无遗

我爱上这惆怅的女子
我的徘徊永停在这刻
直到似水流年稍纵即逝

直到她与其同行

不见了身影

啊，我已有两个月不得她音讯

窗外的黄昏像是死讯的通信员

床前窃窃暧昧的怨诉

强占她的吻连同手同睡一头

哦，两个月前上帝赠给

痛苦之中最为稀缺的欢娱

我知道这罪会加倍偿还

尽管如此我仍眷恋着

双手半埋她乌黑的发簇里

心灵如同气味总有所察觉

日后任凭罪责像光环缠绕

我走在卧房的阳光处

强烈的光束迷蒙住双眼

而她的目光背对阳光在那儿闪烁

我已强烈感知你的存在

没有一声冲破头颅的嘶喊

使我们犹记得这些面孔

没有一阵低回恸哀的哽咽

使我们的爱情重燃

言辞过激又恝置而止

我早已明白

就在心疼与头疼任选一种

直到爱像婴儿般诞生

我仍在陌生人中间做客

无形的恋歌

无形的恋歌
去吧，是时候道别了
不再有打扰，不再
有黑夜的星辰
山林与山林之间
一条溪流带来相似的命运
在林中最平坦的地方隐没

无鸟儿的歌声，无鱼儿的跳跃
无歌唱的夏季
友爱之邦在幽暗的
荫蔽下孤独发出困顿疲倦的呻吟
精神萎靡，像树叶脱离了玫瑰
无形的羽翼！还没等得及
颂歌至八月的葡萄酿成的酒
青春、欢泪、会面、一场电影
希望就飞离了人间

别了，记忆的钟摆动不定
它总是欺骗时间与相遇即是开始
别了，所有的星星遗忘会发光的太阳
此时离开，玫瑰的清香，而夜隔绝了心
只有我们的脚没被束缚，走向别离

陌生人

离我而去吧，尽管你们对于你们是不同的陌生人
于我，你们已进入了我的心中
你们，像各自走着不同的路。在几乎同一时间里
都离我而去了；离我而去吧，尽管冷酷无情
信仰的天使并不会记恨
想必树木不会都朝一个方向生长

我们谈论任何事物都是自由的，自由固然是迷茫的
在不同人眼里，自由也是任性的资本，但无从指责
如果在爱情本身之前就存有困惑
那无疑是泡沫的光彩

离我而去吧，我并不惋惜但一定尝到过苦痛
留下精神的烙印，你们无从得知
真理的大门向我敞开
我在吸吮着生命和思想，那宝贵的永恒的快乐
心灵沉淀该与纯洁一般居于生活的榜首
我深感人生的磨砺
一心怀抱你们在通向意志的大门前会说：
  "我想起了一个诗人，他在我们
青春时期的头脑中敲击了爱情和友谊
和追求幸福的告诫，并非从享乐中而来"

生活，我的生活

我的生活，有时看上去
像驮着重重的包袱
这包袱里有不解的思绪
有时看上去
像一首小诗，就像我
正在行走中写下的并且
正在发生着的——微风

在微风的背后
一股雨水即将降下
正如一声声招呼——
人们已开始收拾谷物、衣服
在炎热的夏天，在任何时候
这就仿佛告诉
是生命时时在运动
时时在迁徙，时时等待生命
死亡是无用途的，并非与金钱持衡
劳累也绝非与金钱等价

轻轻地说，急躁地说，操劳地说
树叶在风中发出响彻着沙沙的声音
树木在经受并非我们施加给它的力

鸟儿们像小孩在空中愉快地玩耍着

白云和乌云交替，太阳隐没在色彩中

徐徐西下，光线开始暗淡

周围的蓝天仿佛大海

我们就是生命中的生命

但要成为生活，首先

要成为日子和工作的权衡者

我们既非知所剩的日子

也非懂得什么是精彩

我们不断地去实现

可到头来工作常常一团糟

而我们最宝贵的

不仅亲人在病痛中

无声无息地离世

我们也开始变得苍老、猜忌和恐慌

在无度的荒废了的长途中

或许我们有过难忘的幸福

和奇妙的幻想

在奔向成功的路上

激昂，并且热情地消耗心中的力量

但我们很少
肯为内心崇高的声音付出行动

我们的生命中
生活没有停下，而是像河水
一样地流，一样无奈
和注入另一种新的希望

致雪莱

您向人间播洒银光
您爱我们，也爱
令我们遭受磨难
其中就包含岁月

这磨难的痛苦后难道是欢愉
可对于那些闭眼不听的人
您设置的陷阱有失公正的惩戒

一部分人忍受失望，而非丧失
在通过艰苦努力创造
思想和勤奋的力量之薄弱
却长久存在，绝非因人而异

他们已登上波涛汹涌航海的征程
以木板做成的船体和多张布织的帆
来对抗惊涛骇浪，正向着
梦、希望、森林和平静的港湾航行

他们是歌手，是诗人，也是水手
是青年也是老人，是爱人或有心人
但又必须额外学会船长的职责

因为，我们的航行充满未来美好的生活

我们还要成为父亲，像这历经
险恶的浪花之上，船不可分割的一部分
帆依旧矗立，虽已停泊靠岸，欢呼雀跃
虽从容收帆，褪去和残破在摇摆着发出
轻柔缱绻，平和而宁静之狂喜

路　　我们行走在山坳里转向
　　　　幽远而深长的山谷里
　　　　因为没什么不同
　　　　我们继续前行

　　　　一片从未见过的大海的
　　　　无垠的沼泽恍若眼前
　　　　我们会用着什么样的思想驾驭它
　　　　是的，我们靠着双脚在行走
　　　　靠智慧在生存
　　　　沼泽是智慧的双翼
　　　　是敏锐的鱼游的灵感

　　　　当我们研究出空气的重量
　　　　学会鸟的技巧
　　　　前行仍会有恶质的伪徒潜伏
　　　　当我们坐上心灵的船舶
　　　　前行仍会畏惧肇事者的风波

　　　　当我们绕道而行
　　　　当我们避开一群得不到互信的人

而渐行渐远
但另一条道路上
仍会有人向我们抛掷石头

我们像无邪的孩子有奇幻的思想
奇怪地向着更大的石头挪移
天真地都想装进兜里
以那样的心态应对恶毒的中伤

那下面一群俯首的人
是鉴于为人师表
还是压迫时代的病人
个个都想摆脱仕途的演变进度
坐享富丽堂皇的梦游症

那些一度关心我们的人
我们也要像叶和花那样类比
绿叶的占多数
红的黄的不会因肤色而别论
象征着语言的责任而人人享有平等立足

花是心中的模样

别致的景象

谁也不会相信行走在平坦路上的人

温文尔雅的花开在岩缝之上

爱情，你是多么可怜的希望

一

爱情，你是多么可怜的希望
爱情，也许在你我之间
曾有过交汇的碰撞
而那相会的时日
又在你我之间汲取花朵后
无限离愁
盛开，我仅凭眼见之福
枯萎，凋零，永远是无尽的绝望

二

请爱那可怜的人吧
幸福、希望同自由的曙光
他也曾相爱和确实拥有过
别遗弃泪水，无足卑微甚好
你，本来的宿命已定，好啦
去吧，别停下，让自己先忙碌起来
然后令自己成为可爱的人
晨曦还是午夜的眼眸就会对你放歌

三

我不愿做一颗独自辉映的明星

在你的头顶上，昂首而歌

我不愿做一条有生命的河流

在你的脚下，吮吸后永远流逝

我不愿做一朵饱含浓情的小花

在你簇拥的手上，驱遣那爱的生命

我不愿做一个苦苦祈求的乞讨者

在你的身边，在那温存的唇边忧惧

四

永远像飞逝了的时光

你，幸福的往昔，没人同你一道

放声歌唱，光彩夺目

趁明亮的眼睛，快把自由的曙光来爱

趁心灵还透着色彩，请把鸟儿的歌喉

山川的灿烂，用轻盈的步子迈出欢畅

对你思念，虽能顿觉沉默忧伤

感叹中不乏迷失自我，但爱情一旦点燃

希望和痛苦必留下痕迹

五

我爱，但不知爱什么
什么是构成结伴而行的紧握手
什么是拥有时间和牺牲时间
什么是感到快乐的事从不忘却
什么是渴求，什么是不再
什么是泪水，什么是饱满
但总感到毁于今日的受邀
又是否为明日担忧，不辞辛劳

六

我知道没有不劳而获的感情
来显现出它独具匠心的一面
如果，我用语言编织出金色彩带
你愿意做我长久的希望吗
我从未感到悦耳的钟声比泪水苦涩
已不为我而唱响，独自生辉何用
若你不做竖琴的全部，那绝妙的音响
又怎能同你可爱的思想与本质区分开

七

在你澄澈的河床上
洁白的云曦射出火红的色彩
也如盛开的花朵将平息激情蕴藏
总感到平坦的波浪要比幸福还多
四季轮回，浮华淡去
无数的夜晚、晨曦，静候佳音
有你，从春季相伴冬日
那是我对爱的诠释，对你的无限肯定

八

我渴望一种生活，不是像现在这样盲目
我想结束这糟糕的一个人的流浪
时时刻刻想到一种因情感带来的种种生活
那样我会迎难而上，会再接再厉
有辛酸有喜悦，直到拥有一个完整的家
一切都值得，那时会有自由和宁静
我已做好准备与另一个人走入幸福的家
我希望结婚的对象是你，我庆幸我是一个好人

九

你爱夜莺的歌声，却不属于你
永远的歌唱又有何意
永远的劳作只会迎来岁月流转
可问世间几人寻得你的芳踪
你发出的声响摇曳诗人的甘美
哦，美丽的星辰下，可爱的形象
你是宝石在平坦的河面闪耀
所形成的那一晚的良宵，纯洁划过你我的心头

十

请向晨风，捎去我迅捷的思量
我这颗守望森林和山丘的心
寻求所有的安宁愿翻涌而歌
书写如同甘露，在夜间洒下诗篇
纵使花草生机盎然，和气致祥
灿烂的晨曦也射出明眸的光华
可是，你离开我这颗心独自远去
我愿舍下所有的不幸只求你答复：不

注定爱你

我出生在美丽的地球

天生就要爱你

一个根系盘绕交错暗恋一束玫瑰

或似一只青鸟爱恋它同类的嘹亮歌声

我爱着一个人有何不可

我爱慕你像你知悉我的诗语

交融心声蓝天白云才为此振奋

我是穷人

天生就要奔跑向你求爱

马路与车笛

我没有拥有但在为我们开辟

前去那片晚霞似的火焰般花蕊遍地

我用飞禽补救丑恶

我是孤寂的病人

天生就要爱着满怀自信的你

我狂热的心底长满染血的红荆棘

等你的心田来让它充溢

黑夜的我是诗歌的园丁

栽培满胸的荒草

荒草啊！时而盛开半世纪的枯萎

愿盛开之时你最美的年华里有我

我是抗争自由的人
天生就要爱着你的洒脱
尽管你时常迷惘不解
自由是奔跑还是飞翔
我困在阴霾与风沙中
我已在拼搏中驾驭好了
我四处寻觅你穿着缟素的绢衣
但愿能找得到你

我为天藤神力所捆绑
我在祈祷给我自由的主啊
让她奔跑吧
她不会践踏你种下的一花一草
让她飞翔吧
她不会玷污你落下的一雨一雪
当你找到我时
向着自由这会儿
漫不经心齐步走在美的光彩中

我是思念胡想的人

天生就要爱着爱听的你

不要听旁人的言论

你听见了吗？你能听见的

我这急切的目光里的灵魂

注满狂噪喧豗的海潮

你不是不能够听见

我这般激动地与你会面

说话打结的脸红羞涩

你该看得见

且因你笑了

在你的幻想中享受欢乐与幸福

你就在你的幻想中享受欢乐与幸福吧
这人间没有你的戏要上演，买酒痛饮吧
泪水洗不尽你沉默悲伤的脸庞
财富也换不来那一缕舒坦的风

你不该在这四月里窥见紫罗兰的眼眸
不该洋溢爱慕，躲回你的梦境去吧
瞧，这五月的煎熬、焦灼的厄运到来了
就在昨天还信誓旦旦视郁金香为心结敞开

今天可算尝到杯酒中的隐痛如同死亡
你没有才智，没有欢笑，也没有过客
人们在离你而去时从未不假思索
尽管你可怜巴巴在等，在希求

但他们是寻求欢乐的，哪怕炎热烦闷
你的思想不等价于任何情感，徒劳无益
逃避去吧，痛苦永远不会舍弃你

它爱你如同岩石在炽热天里烤
夜间又叫你拥有颗冰冷的心合乎情理
就像获得生命又得向死亡伸出橄榄枝

春
雨

一

我梦里忧郁的船
自东向西停泊是干旱的召唤
愁绪幻灭的花俏的模样

我从梦中被惊醒
我是含着泪花的肖像
清晨时分的雷雨
敲响了我焦沸的爱的奏鸣曲

二

雷雨啊，你闪电的身躯
开的是什么样式的花啊
给我常春藤的绢衣硕果
给我蔷薇满载着的芬芳
赤条条的银光划过长庚

雷雨啊，你嘀咕的鼻声
是恋人喊着恋爱里的人
是男人叫着女人的名字

唤醒我苦诉回首你的事

雷雨啊，你慢步的喧阗
我已醒了，你吼叫的一刹那
你来了，我听见了踌躇的跃过
你声声不息如涛声的风响
像是恋人说不再恋爱了

三

我在梦里已没了出路
现实里也落得个流窜
这惊醒乍现的一幕漆黑
背后的景象呈现仓皇
我是你流浪到此的倾听者
你为何拒之门外——
咆哮是你的喉结
磅礴是你的胸襟
翻涌是你的脾性
你正是雷雨，你几时到的

你为何拒之门外

思念是我的崇拜

哀愁是我的崇拜

崇拜是我的有心

心来自遥远的灵魂

灵魂是你不要的泪珠

无心的是雷霆的众神

你为何占据通往他方

有心的我已伤痕累累

我起不了床，下不了楼梯

更出不了门

四

你有你的风向

我亦有我的去向

你有你的咆哮

我亦有我的不舍

你有你的高亢

我亦有我的狂热

你有你的同行者

我亦有我的爱人

你故作风光
我循序渐进
你销声匿迹
我原地守候

五

山村的雷雨窥探来了
乘着风神奔驰前来了
穿着黑釉色长袍来了
敲着锣鼓唱起歌来了
撒着银白的花朵来了
抬着红花轿迎亲来了
点着爆竹清晨来了

这春天献身的激情
我的新娘在睡梦里了

还
有
什
么
新
奇
的
秘
密
没
有
发
现

还有什么新奇的秘密没有发现？

连被动的霉运也一同出现吧

你得不到诗人的答案

因为从未有事情发生

或幸运者从女神那里知晓踪迹

我的缪斯缄口不语，又让沉默者住进我心田

像不同种类的花朵一个接一个绽放

但都朝向我向前的方向，断定视我而不见

我爱人间，但不借爱之名哄骗人心，点石成金

我钟爱野蔷薇，如今又叫玫瑰在我临行的黑夜里

我的心同现它的颜色！垂顾心灵又添新忧

啊！得志情场！等等！怎会？你实在高不可攀

我若失去信心，你的美貌会时刻出现我眼前

我若踏真心而来，你定以沉默遗漏了我、时光、梦

平凡岁月的魅力

平凡岁月的魅力
你是真，是长久，是永恒
是你又是我，怎样
结合一起才算我们

请重视情感的融合
那样心灵如插上翱翔的翅膀
人生的高度和长度决定我们
将行进的宽度避过重重阻碍

我们的生活井然有序
是自然界中不可分割的一部分
我们已赢得黑夜和冬季的奖赏
我们最终迎来骄阳而平静的港湾

异乡，漂泊者，汲取大地的养分
仍是使自己成长，而非依托他人
我爱你，它如同语言一样
但思想好比珠玉，在危难中才显露其美

恋
人

一

我把她接过手，在我身后
穿过夜与雾的星空
星星点着灯，引我们俩飞奔
漆黑的影像闪现
暗绿的绢衣，一座越过一座
像是婆娑和谐的音符

雪白的晨雾像游丝
弥漫着，另一边也有
年轻的善男信女
快教会我在孤独里
侧耳聆听女子
太息般的福祉

此刻我无比有幸
因为我们的洽谈总面带嬉笑
更是爱慕者的陶醉与狂喜
你贴在身后，手也摆动着
我能感知我的心在缓慢移动
我享受着你有温度的身躯

意识中的互拥，紧紧地

暗藏芳香

回味浓郁已久

你逃不出这车身间的距离

只能向我靠拢

就像车的惯性

此刻我得说些什么

来暖暖这晚秋的青涩

来一睹你生平可爱的录像

渊源如细水长流

可万万不能谈及恻隐的爱恋

爱恋是几个年头前遗失的变迁

今又让言语冷场

这无声的怨言渗透而漫溢

二

你在休憩，在家，在我昔日的床头

今天我哪儿都不去

静守在跟前，坐着，躺着，来回走动

仅限于这房间，这扇窗

我们吃东西，说笑，聊八卦

风扇的声儿已被覆盖

你近视的眼饱含深情

我深陷美眸里的怅惘

打量我们日后像这般的日子

该是所剩无几了吧，太息呀

你闭上双眼，祈祷还是淡忘

我忧戚的心弦在振动

伤悲袅袅在一边踌躇

我曾一度占有你的呼唤

试图驯服鸟儿

停留门庭的桂花树前

如今时间不踯躅，机会却踯躅失去

静躺床上，芳香四溢

这平和的渴慕渗透百感交集

你温柔吹拂我干涩的眼睑

我们这般近的距离

心房却隔阻在灵魂之外

你的额头触手可及

你的发丝在我的鼻梁下

平视你的脸颊和胸脯
如此怜惜娇艳的抚爱
却只凭幻想如一束光箭

爱情降临

我不知道的爱情、温存，你们何时降临
我这无限辛酸的心已愁苦全消，它快奄奄一息

逃离去吧，不管急风、风暴、暴雪、死亡
还是鲜花盛开之时，免了这凋零的悲伤吧
永不逆流、奔驰、狂热；消磨白昼，浑浑噩噩吧

这世间凡是别人有的，你不会享有
而你要的那么一点点，却被无限地放大，难觅
你把所有人爱，你真的把所有人爱了吗
如果你不认为有爱呢？你会说这是胡言乱语吗

看看那些人，他们同样过得很幸福
他们会微笑向你袒露生活而非处处是爱
快去吧，忘了那颗心，不要在意遗失这种本领

等寻找到生活时，这种爱的本领不难找回
像遗忘了星星或许正常，能遗忘太阳吗

你幸福吗

你幸福吗？是的，无比幸福
自从从我身旁离去
去换换计划，关怀身边其他的人
让爱去迎接新鲜的欢笑与事迹

离去甚好，早该如此，不是吗
我只有闭着双眼诗潮如流水奔流
带着深刻的记忆保留那诗
它不像迷人的玫瑰
高贵而富裕，尽散芳香
倒更像风里呼哧的蒲公英
漂泊、迷失、渺小和无望
但一旦睁开眼幻梦将全无
现实接踵而至于我萎靡着
说是不配赐予爱
我不幸的身躯与顽强桀骜的灵魂
哪能收留你单纯能干的处女的明洁
安置这荒山遍野与我同眠

离开甚好，默念千回
我该将你赞美呀
多少都令我欢快

多少情怀与才情在此进出

像涌泉发挥它整个水系活跃于此

尽管抑郁一度羡慕你盛装的风姿

那又如何？今日抑郁不也如期归回

像病魔缠身仍是无望充实着日子

我不会另有所爱，我的理性警惕着我

我不配神的爱

或将生命做终极交易

还给真心实意的希望于夕阳的末梢

在这历尽爱与生活双重压力下的神经

辛苦难耐又何曾一时啊

我失去的少年、青年，将至老年

哦，孤独，莫悲戚

恋人她已低声道歉

将爱之福音并遥远相送

今日不也含泪忏悔再度怀想

切莫念出声，莫哭出声

只需一声轻轻的叹息

像风吹过树叶挤进门缝

发出的声音一样

我不再沉迷于生命的悲伤中

如今，我不再沉迷于生命的悲伤中
早年，我曾渴望过一饱眼福的人生
但那不是收获的季节，你非上帝的宠儿
你是一粒种子，你怎知道雨水会降临
你只有依托于土地和你的坚韧才可谈收获

我，同所有人一样，追寻着日或夜
交谈的心声，心声在抵达爱的叩击
热情洋溢，如春或一束光普照大地

我回过头正在看我的影子，我想它也在看我
过去和现在，请正视它，像影子述说着：
"你永远是你自己不可分割的一部分！"

我发现了奇妙而宽广的世界
一个简单的世界，那是你和我以及
我们的影子，通过光明去阻止一切困难

一切都没那么重要

一切都没那么重要
语言、爱情、希望
绝不会像文字一样
找到墨与白纸写下终其一生
类似符号的印记
人人都很孤独
那么回答将得不到答案

岛屿在蓝色的大海里守候
白云飘过，鸟群在上空飞翔
在静静的岁月里
水流花谢，黑夜降临，星辰在睡梦里孤立

清晨，带着一只银白色海鸥的歌喉
一双探望能够驻足的眼睛
它在我梦里飞离人间
却并没把我的灵魂带至荒漠
蜜蜂嗡嗡在我脑子里筑巢
窗外桂花枝头充盈着麻雀的羽翼

我又将上哪儿去寻找带羽翼的女神
愿仰着头跪下我单膝的一只脚

幸福，我与你一步之遥

幸福，我与你一步之遥
你在门外窥望什么？进来吧
这个寒冬毛茸茸的狗都狂叫
用脚踹踢着门

这有暖暖的热牛奶
一团点着的木柴
清脆的歌声从电视里传出
爸妈的叫嚷
今晚愿吃些什么

她走来走去
是个女孩的身影
——此刻幸福推开了门
却走出去一个人
是个女孩的身影
幸福，我与你一步之遥

我渴望一种生活

亲爱的朋友，我渴望一种生活
走向森林去感知日出的美丽和谐

是的，尽管看起来很糟
但是，真正懂得抒发情感
生活会珍视，这比无尽财富更靠近一颗心

动人的花朵凋谢，荆棘丛生于前路
冬天枯竭能使人前行，春天，绽放如初
正如相对的时间，能使迷途的两个人相爱

享受生命

享受生命

享受生活

享受阳光

在阳光下

在雷雨下

在黑夜里

尽管有星星，但从不悲伤过往

也从来不是星星操劳你的快乐

一个恐惧与另一个天明

你不必知晓

正受约束的也同时间一起在流转

你获得的是你如何气定神闲的内心

只有生活和你的生活

如同一只脚与另一只脚

迈出，从来不会因为

你的头脑而禁锢前行

因热爱而不改其乐

同样的思想，教会乐善好施

会更配得享有欢欣鼓舞的好运

享受阳光

享受生活

享受生命

但愿你的路漫长

但愿你的路漫长
但愿你的人生漫长
像阳光躲入云雾中

如同自然漫长的一部分
时光与年岁各自老去就如同空间
空间也就如同漫长的时光在消磨

你的生活不像你本人那么糟糕
你富有想象在想象中不断尝试
催生一种力和力所能及的心态

你最多的时候是你最渴求的时候
你渴求幸福，春天的雨季被渴求着
你小心翼翼，炎热的夏季未曾灼伤一群蚂蚁

你向人类呼吁健康、真理
你在去往的路上，硕果在严冬中保持鲜活
这是否等同于你意志的命运从不肯低头
不问林中有鸟儿隐没或一片树叶飘过

但愿你的人生漫长

像阳光躲入云雾中

如同自然漫长的一部分

时光与年岁各自老去就如同空间

空间也就如同漫长的时光在消磨

这亲密相伴的沉默时光

这亲密相伴的沉默时光，已然到来
于是，我墨守成规将日子重置
没有爱情的戏份，唯有孤独等候

幻想着，呆滞着，都不曾拥有
直到那轻柔的和风让我顿悟
我明白了，世间的福祉都在遥远的天国

将心上人的脸庞捧起，亲吻片刻
流着带雨的泪水，吻着花儿的脸庞
如梦初醒，身现密林的雨中

空气中沸腾着皑皑的水汽
河床上静守如皎洁的身躯
你从远方便能聆听，它在向你召唤

用尽无法触及的声音在召唤
没人能读懂它的语言
在遭人们亵渎，力不从心
无法触及或被感化、同情
身处异地的思念迫使

总有人懊悔也总有人失去
奇怪的是多半
以幸福的名义令世人称赞
而我的沉静之音将细读于你

萦绕整个气象的氛围
找到大自然藏匿的语言
交谈之间，简洁
说的仍是爱情之事

时不我待，再度重温

时不我待，再度重温

我感到你，哦，你

和风和云最相像

今番，无数的

晨曦、骄阳、河水，飞逝

你们，彩虹的花环

模糊的幻影，又来临了吗

我的回忆之泉，哦

喷涌而出，涌向你

是不幸的孤儿、漫游者

把我夸奖

我失落

又暗自悲伤，无可奈何

感叹一缕久远的西风

越过荆棘重重

将带我去向

那遥远的，你的彼岸

此刻，朦胧的白露

又浮现出

泪光之中，我们相拥离别

致某某

我感性的情怀在慢慢逝去
浪漫、讨喜已不存在
房屋沾染过的幸福
身处绿树围绕的山中
那时害怕着，不一同前往

不料，离别的消息从
遥远的鱼米之乡传入
流落世俗窘迫的人间
为我传来判决之怯音

昔日的旧景历历在目
你忧愁的容颜闪烁不定
你婉拒的爱恋已然释怀
唯有我那幻梦久赖不舍

我沉默着，怀恨多少是有
不要究其原因
因为原因总是在决裂中喑哑
更不要为读懂我的哀愁而费解
因为我把一切看得那般忧郁

你深知我的生活已如此远离
为何不，不，负心的姑娘
何不为自己的欢乐、幸福
再次去找找与哀愁的同声
正因为不起眼的它们常常
常常带来倾世的爱的宣言

你环顾四周，傲视苍穹

你环顾四周，傲视苍穹
这漆黑的夜啊，却不知
尽把心中火点燃
点燃，燃烧，燃烧，燃烧

什么使你拥有茂盛的树丛
在对抗炎热的夏天的幽谷里
不怀有良辰美景，徒生自然之忧
落叶枯萎应当使你永葆青春
如同露水虽少量却给予万物滋长
一株小草虽低微却与泥土厮守终生

羡慕别处并非万物所推崇
你纯净的心、炽热的灵魂
不该把遗失的枯叶点燃
枯叶自有它消失的去处
然你的心仍有崇高的理想的欢畅
在等待你，是贫瘠的荒原涌入清泉

难道，点燃就永远不会熄灭
苦难的岁月也能一齐带走
难道，灼耀的燃烧就等同于毕生光华

世俗的名誉不尽是宝石所自然散发

难道你永远背弃以逐风飘零

不是作为永恒在时间的桎梏且在流逝中解救出来

虽对她思念，仍不得其解

这不是助长你逃避或毁于爱情的饱满

痛苦中行船的人在于孤独跟黑夜及巨浪

想必，你还不至于如此糟糕，独善其身

你这火燃烧的心虽能点亮夜空，却以

牺牲自身一片森林凝视未到来的幸福

然而你又用什么孕育出希望，步入树荫下的华盖

我
感
到
心
灵
强
大

我感到心灵强大，对你思念倍增
并非我有着两颗心或无尽财富
我要的是无畏、静谧和安宁之夜

人类的情感，简单的心，哦
——永恒
这秘密向你倾诉，宛如夜空
绚烂之星

你得知爱的困惑，是出自一个
真诚之友
在向着无尽思量和努力去将美好幸福打量
而你，是在这充满阳光下被选中的繁星之夜

春
雪

我守着花开待黎明的到来
却如沐浴春雨在河的两岸
寂静地传来象征的森林
有如悠游的呻吟混合着
在一个雨雪交加的春季
回荡着迷蒙至广大浩渺
混沌深邃是如此不谐调
生命的样式蜷缩并通向死亡

只听到猎人的一声巨响
命运的弓矢将向猎物发射
喜悦与刺骨的寒冷却不成正比
人们在抱怨之前
着魔的一股劲在邪念之中发酵
上天为了寻求公平的较量
故而在脚下设置泥潭的积雪
在春季里将人心试探

我终日在消耗凋谢的生命

我终日在消耗凋谢的生命
我不知道它比起花儿谁更长久
它们是幸运的精灵，结出丰硕的果实

一颗心饱满于甘美的果肉之中
它们庄严，低垂，遭受干枯
甚至失去绿叶，连一句叹息都不曾有
见它们指责将刮起的寒冬朔风

长久生命虽比不了花朵逢春再次轮回
这生命长久却徒劳于衰老和病痛缠身

你是否见过随心所欲的爱情
或充满满心的希望竭力创造出幸福
全凭通过一双手去情愿栽下一株幼苗

多么宽广，我的忧烦

多么宽广，我的忧烦
它已延伸到了天际
满布我周遭现实生活与心灵
即将破碎遗留下扎人的碎片
命运的箭羽也已偏离靶心
你大可不必颓废心声发出叹息
你尽管难过，寝食难安
同样尽管歌唱或致力于创作
天意总能在得与失中给出慰藉
而有一点我已领略并深感遗憾
就是在恋爱中常常将爱人欢呼
满怀激情蕴含着眉目传情
爱人与爱情的颂诗直接挂钩
而在时隔多年后，只能将
饱尝的命运或忏悔的悟性
以某种诠释下的
或哀婉，或坚定，或痛失
或悲观，或祝福，而得出的道理
唤醒自己或身心共勉
而爱人与爱情像岛屿的分离
虽连接着同一片大海
可各自的命运已发生了改变

心灵相爱

那以后我再找不到跟单纯的心灵相爱
我深沉的梦里，深沉的梦里
啊，那种痛苦的秘密深沉而久远
不眠不休，夜以继日匆匆挥去

那懵懂的某个年龄阶段的爱的秉性
令多少纯真的事物从青葱的年华里
抽薹出稚嫩而又鲜活的生命的特征
我们不忘情，也不愿被遗忘

我们执着、忍受着
可亲爱的，我们生活在许多时光里
与理想背道而驰
我们失去的远大于我们所拥有的
我们不幸的远多出我们所庆幸的

啊，亲爱的，当生活的真正意义来临
我原谅你的无情与弱小的个体所面对的
生活的种种诉求与不情愿
同时，不情愿的还有不可磨灭的纯洁心灵
它如同哺乳的奶汁灌输我们智慧与成长

可事情的发展远不止所看到的那般流光溢彩
哦，失去背后总能寻得些真知灼见
生活，再一次把你推上高台
此刻我对你又有了新的认识
我与爱人分手就出自你手

我记得你的模样，在我的梦幻里
叫我好生找不到与爱人说出爱的缘由来
痛苦难当，谁说那不是我们所读的课本
由来便有由来之道，获取便无固定他法

爱与心灵一对
生活与婚姻或更贴切说金钱称得一对
而你却始终站在旁观者的角度看待此事
唯一有所不同的是你在隐藏的
寂寞中悄悄地把我的名字唤起

我不敢在这夏末里爱你太多

我不敢在这夏末里爱你太多

只因无从获得，初秋便零落飘逝

我不敢在这儿仅凭单纯爱你太多

只因焦灼心急，爱慕者将百般叹息

我不敢在这颗心未成熟前爱你太多

只因真情索取，始终不等同你那颗心

我不敢在这歌唱和诗里爱你太多

只因爱你旨意，善良难以与思想并驾齐驱

我不敢在这愤世嫉俗中爱你太多

只因勇敢无畏，仍尝尽世俗的苦果

我不敢在这命定漂泊之途中爱你太多

只因茕茕孑立，泪流过后便憧憬全消

我不敢在这炉火与繁星之夜的林中爱你太多

只因皎皎转瞬，隽永犹如轻烟孤身冷寂

爱情于我们有何用

爱情于我们有何用
它偷走我们无限的时光，却无停泊之港
它教会我们满怀希望，却过而不留

那令人陶醉的芬芳，美人中的美人
情人中的情人
随着阳光，随着阴翳，暴风趋散阴霾
可有我们宁静祥和的交往

那沉睡的美好事物
罗网交织于爱人中的甘蜜
我们尽情享受那良宵
漫漫长夜，光阴无落脚之地
流逝的爱我们可否力挽狂澜
追回那妙味的源头之沉酣

我说事物啊
你变化莫测称得桂冠
爱情无信仰也无诚实可言
那令我们进行的情话可有铭记于心
那一切看到的并非我们心想的
那有人为之纯粹的爱情

也有人为之生活

可吞噬的回忆与秉性的城府

可有还回我们的一天吗

我仿佛失去一种声音

我仿佛失去一种声音——爱的呼唤

我的诗曾通向它的领悟，关切，驻足

美好与性灵

声音渐渐远去，可爱的名字如同神秘的星

我已不再是守着家乡天空下的少年

我已告别星光灿烂于思念你的静谧夜晚

这一切沿着未知的小路在抛掷自己的心愿

力量在消耗，光是否在点燃

经过岁月，我看见现实与虚幻等同，树叶摇晃枯叶

（为何为了它们而故作清醒，你火热的心全然不记？）

唤醒吧！你还活着，心灵不应该是一潭死水

爱的美好，伊甸的温柔之乡

十二月

我的思想如此艰难地流动

幸福之星已坠落天边

爱情，爱情，爱情

我有生之年的信仰

它已无扬起的帆的船

停泊在懊恼的废墟里

再不曾用光阴收录角色

我们的分手过于仓促

在绿草地有过短暂的停留

你的心不曾被我哀怨挽回

爱从未被你拿来细尝

也从不曾将温馨的赞歌提起

毫不察觉属于自己那份荣耀

十二月的最后一天怎同忧烦相提并论

它是多少踏入圣堂之人的美好诉求

因为此时此刻佳期临近

我钟爱的人即将步入春天的乐土

迎来她的第一个诞辰

我将一往无前的赞美紧随于你

我的生活在某个层面已被终止

将满怀喜庆装饰我那深沉之梦

任何一种美好的事物都难两全

一切都已结束，沉浮的心已获得清醒

父亲

面包能使人入睡

爱情又使人惊醒

因为梦境里如现实中

竟无人可爱

游子，可爱之人出自内心

你还有家，还有父亲

请别沮丧、颓废

悲哀不曾来临

你知道你父亲的手

尽管你不愿窥视

岁月减去，你已铭记

苍老容颜

撑起的家并不会

因你鲁莽失去

你试过几回？它越发牢固

争执中另有它思忖如久旱逢甘霖

失去，这有名无实的愣头青

恰恰相反，心意寻找才属宝贵

种子有它高处却时常摇曳
有它催红成熟和萎缩垂落之际

但总有它本来的父亲
土地上的生命养育
也总能逢春，雨水
滋养后是晴天丽日

猜想吧，人世哪有欢愉
不把错误警醒
还不用忍受人所不知的命运
叫我们眼与耳分不清，心必迷失

如果灵魂能死，我已死于热情

如果灵魂能死，我已死于热情
青春像迎面而来的风里的篝火
漠然于暗淡的寒星
像啜泣的孩子眼中的泪光
闪烁与火焰熄灭共舞

时不我待，再度重温
心底再也没有夸口的誓言
能使羞愧于爱的情话之中
唤醒你，对于怜悯的一丝亏欠

如果灵魂能死，我已死于热情
那可爱的情景顾盼流转
怀旧着那段辛酸的过往
啜饮生命的模样，爱的模样
情的诗篇，在万籁的松谷中传递

如今那眩晕的欢愉也已消失
夜月的光束下仍是孤独者的漫游
在临近的婚媾的喜庆来到之时
饱足最后一次甘蜜的情愫

我祝福你，祝福你腹中的宝宝

如爱你的诗篇一样值得珍爱

如珍爱你的美丽

建立在一切平安之上

你我隐秘的情感也就此冷却

从此你获得盼望已久的幸福

唯独我失之交臂，谁料想

在通往爱情与生活的交界

只凭丘比特射箭的利益早已驱使

往昔夜晚多宁静

往昔夜晚多宁静

我再一次重返家乡

回到那迷人而独自一人的夜晚

我知道，时光回不到过去

月亮辗转那份命运的温柔

让它继续活着

诗人的脚步重新踏上理想而真实的道路

相信吧，一切会是明日骄阳

盛大的如同已知的心灵和人性中的爱

任时光变老，黄昏消散

两颗心会找到同属一个屋檐下

栖息处将住着一群星和孕育出的心灵

光辉便是教会我们如何去爱

化浑浊变为清晰，夜晚将会宁静而甜美

审视我的内心吧

审视我的内心吧

也许，你还不够完美——

也许，不再有完美、成功和失败

请自觉成长，慢慢地

慢慢地

哦，你疲倦，你成熟

你壮丽，你富有，你失去

人们总在失去，包括贫穷

贫穷是财富犹如人们步入黑夜

只要足够怀念和努力跋涉

幸福就能感到

是脚连同着心，温存着

经过一个个日头

如落日尽待山头所归之处

它飞逝而从不为谁停留——

我爱着，像一只麋鹿

任性消磨殆尽，平静和奔跑有序

我生活，也热爱你的生活

和自己的，了解他们而感到高尚

卑微无足轻重，又像空气隐遁

甘饮潺溪的河水，令心绿草葱葱

学鸟儿歌喉拥有羽翼的梦想吧
我们这代人和未来的一代人啊
都需要它，爱着歌唱，也滋养爱
精神食粮宛如彩虹，虽微不足道
有，抑或没有，不会影响你气定神闲
必然，抑或消失，你同它一道
迷惑、心绪不宁，白白消磨时光
请正视自然和谐发展吧
你同它如同白昼跟一颗心沉睡一宿
在贫困里耕耘，审视自己的内心吧

夜
莺

在初遇你之前
我如一条遍体鳞伤的鱼
去过陆地也挣扎至浅滩

我深知逆流是几乎接近完美的人生的一种
因为它正与人的意志发生着行动上的磨砺
它让人变得紧致如一首诗

不同的是，如一本书所写代替一个思想
一个表白所说代替一颗心
但有时，也不见得那么奏效

别人讲述的故事永远不会发生在自己身上
而那些发生在自己身上的故事又总想摆脱
只是事情的经过与结果哪个更接近人性的美好

在初遇你之后
我愿我属于你，属于还未做完的梦
梦里每个清晨
看你熟睡的样子与第一缕阳光谁更打动我

昔日的阳光绝不会像那样充满活力
一束小花在你的鼻子上和眼睛里绝不输它的生命

因为这一切都是你心爱的他为你精心准备的
而你们也是大自然中的一部分

但幸福的花束又极其难找
偶遇一束沉默之花，玫瑰中的玫瑰
夜莺的歌唱常在她的耳边唱响

夜莺扇动着翅膀说道："我要不要就此飞走
世界上美好的事物应该彼此都要付出才对
玫瑰永远属于别人的
就像别人对你说出他们的故事一样
永远属于别人的，永远……"

夜莺生完气沉闷了一下又接着歌唱
它的声音比之前更加好听
　"难道我不付出且自私地认为，沉默就等同于拒绝
难道我会认为自己辛苦歌唱的
就一定胜过她所散发出的迷人的香味？"

夜莺回味着，来自爱的深处的顿悟
　"我要做那个幸运的人，我要做那个幸运的人……"
夜莺疲惫地睡着了！梦里一片空白
第二天醒来又接着歌唱

你是我认识的最珍贵的人儿

你是我认识的最珍贵的人儿
收纳着流光岁月的一切景象
使海水拍击沿岸于宿命渊源
那曾令我已然收获快乐之喜
在梦幻里筑起决堤

我的精神，啜饮纯洁的琼浆
如痴如醉，洋溢着神秘桂冠
挂满枝前栖息百灵鸟的身影
如此一来我的爱被囊括其中

原以为那可令上帝交口称誉
原以为柔情蜜意将持久长存
说有肉体与心灵结合的双赢
令我质疑的噩耗终传入我耳
从此易攻破的爱情胜似顽石
再也愁碰不到你深邃的眼神

你结怨的灵慧恰似星迹
高悬长空，使天地遥相呼应
我说星星的光多么温柔吮吸
那令我无数个日夜不舍忘情

鲜花的生命总能招来质疑声

如今爱情的光圈已缺口难圆

就此为那以爱情的名义献上

我以忠诚的情分送去祝福语

你是我认识的最珍贵的人儿

我说

我们不应该虚度光阴

我们不应该虚度光阴，是的

然而朋友，光阴漫长，虚度何物

我们来时可见一切思想的本质

有如道德与情感固然相连

在此之前，常常嘲弄和诋毁事物本能，就如天性

太阳、明月、星辰、天空

绿叶与娇柔易谢的花朵共享汲取精华

这时，生命同形态下的枯萎直至腐朽

化为土壤，才迎来如泉眼命定之途

以冲垮、枯竭、侵蚀、灰烬等，具象共存

生物得以蓬勃滋长，光明明亮洁净而长久

万物如此，并非言语祈祷

虚度抑或是虚空，不必深究

凡赞歌者，亦呼心灵对大地的生灵敬爱

光阴，理所应当被人们心怀感激

希望和苦难并存，欢愉和泪水交替

水与火的狂喜与恐惧

雨水与炎热的考验如洗涤心灵

无论晨曦、死亡、黑暗、天使

当人们听到钟声敲响，婚姻之说成真

不久，新的生命诞辰如人们手握光阴，是的

竭尽所能由勤劳双手创造美好生活，是的

我们曾被那番景象吸引

我们曾被那番景象吸引

令无数个瞬息记着那美妙绝伦的

夕阳里，清晨照满清爽的和风

山冈像被唤醒的亲密爱人

一个个竖琴之音暗送秋波

皎白的水雾弥漫蔷薇花的红晕

爱与正义的美惠① 就藏身于此

无时无刻不等候列尔② 之神的邀约

洒下爱之朝露又聚集一切美好事物

所希望的那样却始终沉浸于幻象之中

难道那秘密的相约是不忘情的梦幻

难道那隐藏着某种特殊渠道的知音

说他不是为造物润色

那消逝的将不再如所期盼的那样

又另眼相待燃烧爱初时般朝霞舞动

我们的爱情无比真心实意

装扮过那青涩无比的回忆

任凭你有千个不情愿给予矢口否认

但寂寞的深处已埋下永恒两字

---

① 美惠女神：希腊神话中的女神。

② 列尔：希腊神话中的神。

广袤的大地

广袤的大地，崇高的心灵
倾泻我整个的心一跃而起
什么是我们的共鸣
什么使我们歌唱希望和啜泣泪水
在低声与落日的余晖中权衡甜忧

森林与田间的小草迎来露水
生命的给养同爱情所需所遵从的
不同；树木的根基扎入深土壤
生命的脉管孕育出庞大的地基
别以为就高枕无忧，别不辞劳苦跟
健硕；炎热的夏天渴望雨水将至时
因高大的形体素来与狂风骤雨角逐存亡
又不愿见领受洒撒下的露水跟皎洁的月光

因为知道，越是朝圣的甘霖良夜
过后，又越将迎来另一个个烈日炎炎
然而，紧挨着恣意生长的草丛
它们面对寒露还是酷暑，甚至淹没
它们始终与那些白云一样欢畅

至于种种，是否都能熬过漫漫冬日

那就取决于生命一切本来的宿命
但有一点自始至终亘古不变的
那就是，来年的新春将唤醒
沉睡在大地的生灵都将得以复苏
崇高的心灵又有何理由停滞

以太阳的光照创造这世界

以太阳的光照创造这世界
创造爱情、希望、痛苦
和万物生机蓬勃、绚丽多彩

因人类产物丰赡
神圣的价值让我们领略真情实意
而不变的亘古之永恒

我们因苦难变得体弱多病
而所对应的时光从不因金钱摆布
叫我们不畏爱恨心结便愁思满怀

或是无牵无挂的欣喜莫名降临
因我们大胆的灵魂可将冰雪消融
又呈现熊熊大火将我们爱情点燃

从无到有，从虚空到充盈
扮演爱情的角色无比高尚
诠释一切美德胜过太阳的永恒之话题

莫像水一般直淌

莫像水一般直淌

孤独的河，吞噬着金光

慢慢地流吧，莫学得光阴慵懒

这光阴吞噬去的永不会回头

夜之歌，在向银辉隐没

倾诉衷肠，还有我的爱

你们，光辉的田野，山冈

一条回家的路我总不能忘怀

还有我恋爱时穿梭在你的跟前

那思绪的旖旎

还清晰地映入我脑海中闪现

秋之生命，在成熟之果中甘饮

在经久不凋零的树叶上，抗击摇曳

流萤的勤劳，携宁静悠远低回

辉映，还有我的爱，和你的

无边的静，虽消失同光阴一道

这支歌却是我爱你的证明

（这支歌却留下了，我爱你最好的证明）

没人曾像我单纯地爱过你

没人曾像我单纯地爱过你
那最初的竖琴是否有你一半的心弦拨动
快啊，趁平凡的幸福还没有化为普通心灵

愿神保佑
下辈子还能弹起你那一颗孤独的心
在我最不谨慎成熟的少年时还能听到
如此优美而愁思满怀深深进入我的耳中

愿你不再是我迷茫中遗失的美好
愿你热衷于一个似曾相识的诗人所带来的
你痴迷爱情远胜过一切慵懒而拥有
物质的强大诱惑将是你爱我的有力证据

你美丽的形象总在我的心里

你美丽的形象总在我的心里
多年来，我未曾遗忘那情分
我这无限辛酸常常把你呼唤

若我能偶遇另一个温存女子
我又该质疑并埋怨你的绝情
可是，爱情就如同破碎玻璃
虽然耀眼夺目却不免被扎伤
始终不能同你宝石般心可比

我时常把那未尽的缘分细瞻
想象你我结发并且相伴四季
长此以往，令我兴奋又心痛
怎能及得你已有的生活丝毫
少有的单纯总能令你想起我
该忧惧叹息吧？我未能躲避

年轻的朋友

年轻的朋友，让我们走在一起
为爱情燃烧，为希望驻守，瞧
我们的心多热情，我们的城堡多空旷

驰骋的灵魂洒满这盛装的红酒
红酒！让我们喝下这令人羞涩的一口
好摘除成熟未掉落的果实获以圣洁的目光
让我们走在一起，年轻的朋友

真实的自己

你们直言不讳的告诫，我听从着
我依然爱着你们，像过去那样
但比过去要认真百倍

过去是美好的，有人陪伴的日子
像生命知道它真实的模样——
对于那时，是尚未懂得的幸福

难忘的时日！哦，不曾离开过内心
当你打开一扇门，或是一扇窗
你或许会看到街道上走动着许多人

许多人中，你会发现真正了解你的
其实是一个梦，一个很长的梦
一个令你永远记起的心灵彼岸

一个梦，像一面镜子
它从虚幻中照出你本来的样子
你会发现另一个自己，你真正
所想了解的真实存在的自己

你了解它，一面镜子

镜子会告诉你：

"首先你要走到我面前，

而不是背对着我或在我身后躲藏！"

昔日的恋人

昔日的恋人，我知道已是无人应答
但我的内心，我是说我的每一个意念
都在把你轻轻打量

请原谅我令你如此失望
往昔的岁月里我曾令你头疼
因我那大胆无休止的爱情向你讨说法

要知道，人们对自己不喜的事物
都不抱有梦幻的希望
而最怕的是爱情和友谊脱离单纯
既不能相爱，又不能纯粹做回朋友

朋友啊，若掌握不了自己的心灵
涟漪已不存在的情感而长期自责
可知道事物对事物都无存在错过
一时的不快或一时的痛快都有可能
使命运的双手所射出的箭矢脱离靶心

你，自由的可怜人

你，自由的可怜人
花朵从你身边溜走
你全然不知，希望破灭
不是最严重的
时光、青春
像乞讨者也是赋予生命的形象
失去不算什么，权当活着就好

你失去的，死亡都不愿与之相比
究竟是什么？灵魂中的思想？不是
你失去的，是你永远无法与她结成
生命的一体，那种创造的神圣价值
与你再无关系

别说你墓碑上刻有什么
你活着的一半生命已看出昏睡的模样
你该做的，使生灵赋予诗意
来弥补你心灵那存有一丝的闪光吧

唱响它，点亮它吧！永远劳作吧
你，自由的可怜人
去吧，完成种子在土壤中长出生命
无足轻重，做一只勤劳的小蜜蜂吧

我忧郁的梦里花是凋零的模样

我曾爱过含苞待放的女子

她也爱我，隐约羞涩又藏有变化

羞涩使任何女子具备美丽的资质

而变化嘛，定是女子的志忑

永远是个谜如同疲惫下的沉酣

人因爱情的沉酣也永远光彩夺目

甜美清脆的声音是爱开启的礼物

一生相伴的礼物同对白的心灵一样

可我们那多少时光里获取的礼物

可否，定期品尝它的妙味

如今，噩耗与希望并携失望之手

降临这曲折的年终之时

当失望相遇希望时

那旧时的伤痕也不能完全平复

那甜美的声音从何时起

变得令人不可捉摸

时而低声，时而高亢，话音飘浮、狂躁

蜂拥而来令我猜出些某种端倪

预感到爱将流离失所独自面对

前路漫漫，声声凄切

泪水在我心底发出战栗

哦，我失去你，已迷失了方向

森林带你走出大道奔向痴迷的乐土

我忧郁的梦里花仍是凋零的模样

至于青春？哦，青春在苦难岁月里虚掷

爱情消逝了

爱情消逝了

已不再是我怀念与忧郁里

一朵盛开的紫罗兰

它凋零了，不，是成长了

我感觉她朝我微笑

爱的种子已播撒，幸福已收入囊中

一切可爱的事物都将你的形象

视为生活美满的一种神秘向往

——乐此不疲

我无条件地爱过你，不求

回报地痴迷你婉拒的常态

那时的时光已回不去了

旧时与现在的我

仍有的也只是贫穷的诗句

还有不曾被你认可的爱情

徒使我悲伤或是欢喜

都难以将思念从命运的岁月里收回

但愿你心中仍装着回忆里的轻波细浪

但愿你是柔和的夕阳

鸟儿们向你飞翔又飞翔

在我眼前一股温柔的风迎面而来

我读懂了你的悄声碎语

在我的心田里，我说在我的血脉里

跳动，我爱你又不断涌现在我的脑海里

我看到的事物

所有亲爱的，我看到的事物
不过是枯死的树叶
黯然忧伤的花瓣
在虚空的万物世界凋零飘散

生命里的青春短暂而又隔着
时空里因相识却不能永久相爱
而痛苦烦恼之事却时有发生
自由和爱情，财富和美丽的姑娘

哦，命运的手又把我
向沼泽理想之路引
而所得到的与失去的又未心甘情愿
未来啊，若歌颂你或奋发图强

将毅力裹藏心中，舍下执拗的诗篇
埋头苦干于荆棘的事业里头抖擞
才能将生活呼之一变
你才赶上我的脚步

而岁月的束缚又把我们牢牢锁在
破碎的现实与美梦幻想

犹如春风之晴空万里

转眼北风呼啸

那时我们得多怀念过去

我想认识未认识的自己

我想认识未认识的自己
未认识者，你是否同他真正了解过自己
像了解大地，或像大地了解我们，始终不渝
我了解大地，了解苦难，了解虚掷
但我始终行走不远，也只是为情感所困
日子流逝也就如同河水奔流

我感到沮丧甚至质问：
"肉体博弈死亡，心灵一角无人问津
这如此轻易造成的灾难是否惭愧
人类所要的是年岁不断递增，然后
叹息如风声掠过，万物也如同空无？"

我若还有用处，我想它首先带来的是思考
我若还能领悟，我想它认识自己不比我自觉更令我们
拥戴它，因为它是命运

我们越过袅袅清波，转眼
大自然如同一件衣裳泛起你温暖的涟漪
像紧挨着心爱之人那绣口和微笑
但我们不是用心去感受，眼睛
那一双凝视的眼睛始终是在用瞟的眼光

在带领我们自己去往无言的孤舟漂泊

或任意一颗星球，只有黑夜降临时
我们就想着去到另一颗有人的星球
为的是找寻一线生机和气息
所带来的欢喜对抗未征服者的寂寞
但愿是出自心灵美好和认识未认识的自己

我浮生的一半

我浮生的一半，你们，哦
最忠实的朋友，最甘美的心灵
哦，乐音绝响，是否为美梦所欺
在为数不多的青年时期
怀着孤独不安的心伤

来时，我们像天使在绿森林中挥舞着手臂
因热爱我们的自然而憧憬向往
去时，我们又像荒漠中的细沙
任岁月的狂风侵蚀，独处飘零

可爱的友人们
幸福的炉膛可燃烧着熊熊大火
满腔热情又是否与时俱进
若一个姑娘对你沾沾自喜
哦，那是多么令人神往啊

爱情的光圈就准会降临
你将被创造出未知的神采
哦！可怜的诗人无法对你讲述
没有人会认为诗人是爱情的国王

青年，我的爱啊

青年，我的爱啊

阴沉的低声无处不在

你最遥远的心灵

也曾为他感动而给予慰藉

青年，我的爱啊

孤独，谁命你孤独

谁又使希望长久地渗入人心

自由啊，又在一颗心里暗涌

青年，我的爱啊

那秀丽生动的少女形体

一声声优美而清甜的声音

又将展开多少令人心动神摇的大网

青年，我的爱啊

请区分愚弄，并寻求物质的表面

可爱的人们啊

有人爱你的美貌，自然有人因财富而动摇

青年，我的爱啊

从年轻的船舶游荡至年老不死的忧伤

回忆，哦，生命的全部结下爱的果实

年老至高的乐趣，便是听任年轻人的爱进入眼帘

感到惋惜

我为我那么多美好的幻想感到惋惜
也为我自己感到不幸。那一瞬的热望
那不幸的并非真正的自己

不要被自己身处空无之中吓倒
世界并非穿过公路，住进看得见"美"的房屋
岩石在大地上保持灼热，缓慢变化

压抑肉体虽感觉痛苦
但双重乐章有你和星光灿烂
然而我的脚步在黑夜里踽踽独行

我的心灵更乐意同成熟而纯洁的心灵一起
感受炽热、繁荣、诞生，永远相爱

短暂的爱情

短暂的爱情

你像冬日里残损的太阳

东升西沉犹如白驹过隙

再除去我们相思的时日

而其中又有多少时日

把我遗忘

可亲的人

什么是你的思绪

什么又使你挚爱无悔

绝妙的心灵，是什么在指引你

前路如此顺畅，享乐爱情尽与我无关

哦，你听，幸福的美梦就随着你

触手可及的人儿已将你带走

该死的天气永远使人不经意惆怅

哦，劳烦你再听听

痛苦烦恼携夹着

一丝快乐在百般铸就的诗行里

曾那样默默地爱过你

尽管爱得太迟，又愚蠢地纯粹去爱

嘿！为此我犯下滔天罪行

如今我痛苦难当

是因为我舍下纯粹的花香

却一味地追求物质

初
果
期

爱这一切盛开后凋残进入初果期
爱这树叶纷纷落下只因初冬的临近

世界比这无常得多，从原谅亲情开始
你要比春天的溪水跟和风都感到温暖

可是，你要熬过公转经久不息的冬季
你要忍受人们的喜好如树木千奇百态

庄严而善良的美只有一种，光彩中的一种
凡你爱这世界之际，光弥留以外的声音
填补耳朵的美妙和嗅到的自然万物盛宠的气息

我
怀
念
它
们

我怀念它们
哦，我怀念她
你……
或有比这更近的词

我怀念宇宙，它让记忆
停留在我脑海的世界里
那美的世界又连通着她脑海的记忆
我们为爱情曾共享鲜花盛开的气息

我不怀疑，但总有些什么会被遗忘
岁月、时间、宇宙及大地
命运，我曾一度无视它
而它就把你带离我的身边

如今，我只有在怀念中
找寻那失去欢乐的地方
频频回顾，于我，于灵魂……
不为痛苦所记

致诗词

我只为未来写下了一两个略微有所指的词句
它的来源是我最初的挚爱
除此之外我无其他法宝可言

要知道事物对未来存有影响
任何人都无法摆脱最初的坚持而另谋高就

要是人们意识不到坚持的根本所在
那么尝试失败的道路比你我望梅止渴要久远得多

因你短暂的关怀而爱

我的爱，因你短暂的关怀而爱

尽管生命的梦幻与爱情一度质押在你那儿

我美丽的姑娘，因一段亲情把我们推向爱情

我，又必须将这颗心与你那双美瞳交换

好来步入你那久没遐思遥爱的视野

你的笑容是那咬一口的甘甜的苹果

那果肉像你一样饱满的脸蛋，巧了

你脸蛋的色泽像遗传了苹果的基因

为大地等候着一个诗人的到来

将长久地萦绕关于爱的种子而进行着

先出于羞涩，然后经几次会面，再然后互相交流

直到有一方默认，以突如其来的关怀视察

并忠诚地袒露约会的时间、地点

携自由的光阴为梦所倾注，迷人的曙光

竖琴的弦外之音再一次打破

这激昂青春裹藏爱情的美好请求

这幸福，怎像蜜蜂的翅膀

因短暂时日的振动次数决定它的命运

我又将你猜忌，时常痛苦地爱着你

神把你选中，我又默默接受永恒的回忆
回忆收录的是你给予我短暂的关怀
像一柄无形的利剑在我心里划出爱的形状

且让我的泪流那么远

且让我的泪流那么远吧
我在梦里，梦见情人同意我的求婚
就好比情人婉拒别人，使我高兴不已

且让我的泪流那么远吧
情人不同于流水，将不再那样称呼
干渴地流吧！人们会认同这尽力的抚爱

且让我的泪流那么远吧
我躺在这床上，头在枕头边
颊上的泪，你流吧
我知道，这眼泪有它自己的明细

我要向你乞求慰藉

我要向你乞求慰藉
但我不会向你乞求爱情
因为不会乞求，我的恋人
你得对得起爱我的桂冠
哦，事实就摆在那儿，不再
有人从现实世界走进我的心灵

现实太迷人，世人都为矜夸
的生活而被生活着，我也不例外
我啊，也怕坚守不了多日，触礁
停泊靠岸，心灵的船舶即将下沉

哦，我的脑子一片凌乱
自由的心
自由的心啊
在别人那儿一文不值，只因我不够富裕
我说："富裕是穷人的灵魂考卷，告诉
我们，穷人，何为穷人，就该像我这样。"

只有知道穷的定义与执着的付出
付出穷人的那颗善心
才能让神将财富给予我长久保管

我的心灵已早早富裕

我又将这颗心向迷蒙的人世发出召唤
我将乞求你们的慰藉，但不会向你们
任何一个乞求爱情，因为爱情不需要

吐露心声

难道我还不能够让你吐露心声
从你的影子走向我的影子，令它们合二为一

难道我的真话竟不是甜润的爱
难道让我满身的情意要通过你告诉我
这只属于收获的秋季，而非给予
你那颗心，竟不为痴心追求而感到意义非凡

还有多少这样的时日啊，交流的珍惜源自共鸣
如河水奔流在度日中遇冷酷和流逝来抚平骄傲的气息
愿你多存有一丝挂念和开始某一句的问及
那么，我的爱人，我们终将成为伴侣
这即将盛开的桂花将为我们头戴花环献上祝福

但是这竟是一个梦，当我醒来
皎洁的月光与我的泪水一样，独自辉耀

我曾用泪水写下的诗行，如今它已不再干渴
心中燃起的火焰，是岩洞中稀薄的空气在使它燃烧
如同炎热的天气，那一滴水对于花朵
你将如何看待

我
从
未
把
你
遗
忘

我从未把你遗忘
也从不曾——
那迷人而愉快的相处，那无数的日子
永不能忘怀，永难磨灭和消失

盛开的年华感到年轻、轻率
惆怅、敏锐、嘈杂、失落和希望
幸福的气息
是始于永享的日子和永不泯灭的记忆

不惋惜爱之深思
春天又将回归，我们又偶然重逢
虽光芒微弱但清风吹拂
惊雷磅礴令万物复苏，情意悱恻

可是，流光溢彩的缪斯降临如此短暂
爱与情，浓于水而冰竟将心中火冷却
一个青年曾为倾慕和忧愁写下诗篇

爱情从久酿的甘苦中向着轰鸣的雷霆
平和率真地前行着

真实感受

怀念那不存在的，真实的感受
只因我想起了你，想起我们一起回家

怀念那不能在一起而有过真实存在的
我们，只因记忆告诉我：那是真实的

通过我们，真实也就存在了
通过心灵，自由和感情融为一体

从来是人把感情奉献，把真理
看作自由，把束缚比作生命

通往人内心世界的既是早晨
也是傍晚，抵达哪里
都是我们自己脚下的路在走

人不得不在懂得感情时说爱
就像我们成长中对待目标一样
只有发现两条路时我们开始认识自己
是乘兴而来，还是平心而论

别让真正懂得情感时遗失了所爱之人

遗失虽并不可怕，可怕的是我们在
光明中还不能认清自己——
获得布谷鸟的啼鸣，你也就独坐愁城

我用"我们"或"你们"在写着每一首诗
就像花园里不仅仅有花，星空不仅仅有星星
只要你们肯走进花园，俯身瞧瞧；诚恳地仰视夜空

我，作为鲜明的沉思者正在行使诗的真实性
我愿走进一切真实存在的事物中
等候那时光虽不能回流但充满
岸与岸的希望，心连接心的共鸣

就会在遗忘和即将到来的愉快中
找到属于我们，也就是你和我的

你的容貌月光般皎洁亮丽

你的容貌月光般皎洁亮丽
你的心扉待人温和而崇高
我爱你亭亭玉立爱你秉性
虔诚犹如高悬长空的明星

你的绣口红唇啊沁人心脾
一缕细发恰如柔和的春风
从山谷里吹入潺潺的流水
红玫瑰的心儿远胜过烛光
短暂而又能再次生出情果

我痴迷万物之灵鼓动生机
爱之圣灵也一并热情洋溢
别人总是对你般般勤献礼
还拿出他们的财富与幼稚
向你诉说

我破碎的心儿因丧失信心
对你难以启齿
只叫把它献给鲜花和美酒
以一种梦幻与麻痹醉去
诱惑着的心田与来日的娇嗔

假使光阴都不在了

假使光阴都不在了
痛苦比悲伤更可怕
我希望永远停留在
倾诉衷肠的美好时分

假使命运残酷的手向我伸来
愁绪满怀不再为情所困所扰
而你不再是我悲痛痴迷的根源
不过是人与孤独的把戏
在为数不多的青年时期
显现出短暂的单纯之交
为所不知不幸者常常怜悯自顾

假使幸福的船儿也靠岸了
月光、星星该使你满心欢唱
它在想，这姑娘脚步如此轻盈
如此可爱沉醉的模样一定祈祷
美好姻缘不容片刻遐想而动摇
令我无从得知她爱着
与我爱着有何不同

又为何我将得不到

你急切撒下的爱情

我为你心迷神往依旧

怀揣昔日留下的情分

不改其恒，最后的爱情徒然

又如大病初愈

稍加怄气难平息，我钟爱的姑娘

要热爱我们的生活

一些细小，如同太阳初升或落下
居住地面的人们羡慕高楼眺望的人们

黑夜来临，睡眠如此短暂
寂寞又奔波的人们向往闹市富有的人们

倘若是在雨水降临时或一个炎热的大正午
举着各自的自然之神力
使万物趋于静谧跟和谐
爱与自由之生长

慵懒的人们从不为勤奋的人们
白费苦心，竟不知
尘寰漫长岁月如骤变而凝聚，而平和

如美丽之阳、美梦之夜——
如清润和乐音之雨露、帅气而明媚之晌午——

当人们失去美梦，也就失去了开始
失望也定然不存在

眼光因松懈——如瓷器制作在泥土与旋转中

避烦斗捷，注定会以失败告终

要热爱我们的生活，并且从中找到乐趣
属于我们自己的乐趣，不厌其烦

如同四季复杂而有序发生
给予生命又给予生存

我的爱本来栖居在你那里

我的爱本来栖息在你那里
你的心多饱满
你的热情多迷人
你的誓言全破碎了
你的关怀就此停住

我洋溢着长久的欢愉
像被震落的三月里末梢的叶
遗失了对美好的金色月光
守望者已失落于窗前的疏狂

多少个萌生触发的良宵
就在你我这眉眼间逗留
那时我畅饮葡萄酒的芳醇
暗自将我们的爱情幻想

将希望的进行曲一并摇曳
映照出我的恋人多么美丽
像暗送秋波痴迷湛蓝的目光
凝聚金色的夜晚幻影横空

我生命的影像与你结下夙愿

无比幸福的时日敲击炽热的心坎
但命运奇妙的变化令人痛惜
如同火一般，存于多维空间
爱情是火焰里最赤红的心

不曾感到一颗心离你更近

在别处，我不曾感到一颗心离你更近
在家乡，虽如愿赢得宁静和不朽的才情

清晨的激昂情怀却常常遭遇茫茫白雾
我勤奋的步子和甜忧的泪水模糊不清
因看不见我的面庞
也就忽视我那清泉晶莹下的宝石

我孤独的理智，难道爱情是坐以待毙
你思想的汪洋浩瀚对冉弱的心房有何益处
然而我对爱情的失意如同十四行诗对我望而却步

我从未渴望玫瑰、百合、蔷薇也结上高枝
其他种类的花就不难想象
赞美后即刻向我挥手而去
生命、青春和爱像流水和蒸腾的真实写照
当大气层的水汽凝聚降下湿漉漉的雨水
人们纷纷厌弃且逃离情场，当雨水间歇
人们对彩虹有非分之念时
竟不知停留一瞬转眼成空便更加消损隐藏的真情

乌云消散，真实的火焰又高挂天宇
半日工夫，人们又躲回阴凉处
哀叹韶华

多少爱过的人

多少爱过的人
那时单纯地爱过你
持有单纯的诗行做证
爱过单纯的女孩

有一天女孩思索年龄与幸福
这是她多少回跌入纠结的深渊
一天紧接一天地越发苦恼
身边有人告知了她妙诀
加之一个接着一个的糖衣炮弹
频频招摇触碰她单纯的双眼
获取所谓欺谎的爱的友善

单纯的心第一次触碰到了条件
条件多诱人？像寓言里的猴子
启示人们怎将诱惑的果实全都囊括

然而心灵，心灵在与实际情况打斗
从什么时候起，心灵举起了白旗
听着那套创造的价值如何如何
白天为生活所迫，夜里将心灵搁浅

你离去时满怀希望
像跳出太阳的光辉
美满、依稀、倾注、陶醉
多美的词语，多美的白色婚纱
白得比正午的天空还要灿烂
白得如晨曦晕红的一缕和风

我希望的花束将
与你美梦希冀背道而驰
看来我是要拿出我的慷慨割爱
让你的爱能吮吸更多爱你的人
换回你那份仍保持纯朴的生气

令我多少光阴里挚爱你的生气
我为我的忧烦感到幸福
在这世俗涌现商业化的时代里
仍将强烈满怀憧憬地爱着你
为我们这颗心，这颗年轻的心
感到无比光荣

十月来临

十月来临，我的爱人

噢，我还没有把你和你的心赢得

我爱你和你的家人胜过我自己的心

快，向这人世间美好推送崇高信仰

多难熬地一天天过着，时慢时快

总感到不够用，是幸福时飞逝太快

感到离与你相会的时日还很长远

时间又督促我该想你，顾盼流转

美丽如伞、遮阳避雨的桂花树

多愿见见我的爱人，她会把你的心摇曳

然后平复平静地迎来欢喜的双重乐音

归宿，瞧，你又要感到岁月静好

这生命之树，有我幼年栽种的身影

正像我行将爱的深藏含义在通过努力

无论哪一部分枯枝失去，无论自身的

形体要朝何处生长，躯干可否承受

光阴不是背对着我们逃跑，也非夺走什么

岁月教会我们的，这大自然又不断重塑
美好有夜晚，黑夜考验希望的生活
如今桂花树长势喜人，供我们享受静谧时光

我的人生是快乐的

我的人生是快乐的，悲伤也是快乐的
而快乐啊，我说，像每天升起的太阳
已成为我们最不在意而活跃于平常中
怀着虔敬的本分令我们敢于高声歌唱

然而我们的热情如自然世界奇妙无穷
我们的头脑充满了对爱的敏锐的感官
我们的心因醉去麻痹神经而变得清醒
自由之光藏于信仰为了一生倾尽全力

那时，你最不擅长的温柔在他人看来
远胜过一切岁月不敢尝试的竖琴弹奏
你要将希望抛出也要将失望预留心头
你在去往的路途要时刻牢记不忘回望

因为，朋友，请你铭记情场如同正道
爱情与友谊将我们的心串联一并奉献
我们虚妄的日子会在苦难里痛得久长
和平之夜的幸福，不久数日纷纷莅临

失去你

失去快乐是痛苦的

失去你已不再有快乐

痛苦从地面向天空无限蔓延

从黄昏到日出，再到黑夜

有云的地方凝结着重压下的雨水

和像思念而无望的风，相伴阵阵吹拂

我的面光，我的额头，脚步

像漫游者在把绿树踱绕

还有鸟儿飞翔的转身合乎美丽

是起航还是已跋涉千里

又是否向另一只同伴寻觅轻盈喜讯

但绝不是欣然接受跌落复杂而恐惧的地面

飞翔的事物又是我们追寻的梦和希望

飞翔，飞翔，对你有何益处

你化身的美丽应当在静谧的时空中彰显

和有爱人的静谧之旷野下的思绪相伴

人一切的思想应该在四季中被接纳和给予

这一切，我都十分珍惜

这一切，我都十分珍惜
如果说，我是说我美丽的姑娘
有百分之百的忧郁
反复更新下的诗行里的女主人

那么可爱的诗人该是又爱又憎
因这满是回忆中的轻波细浪
却仅剩杯中残留着的结晶冰块

然而，经岁月的重重施加
看似过去的风景却还横亘之中
甘美的心田留下慵倦、深邃的眼眸
盛情之初介于快乐时辰如此短暂
对我们过去的美好往事毫无后悔

伤别的情景像西风吹过，泛起涟漪
树与花盛开的脱落之时已然到来
风扮演迷惑的灾难、强行的独裁者
无论是稚幼的树还是初绽的花朵
都难以逃出未知的摇撼是感是觉

是否仅凭钱财舍下我们友爱之邦

为内心所迫随波逐尘还是追寻挚爱

他终究等来的，是听从命运的安排

我的多少诗思

我的多少诗思
我过去的那种精神和勇敢
它在夜的凌晨过后突然醒来
怀着全身心的那种激荡和怯懦
爱和怜悯，像富有演说家
那股活力之使命之中写下的诗行

诗也就成了抵达我孤独而清醒时
朝着梦与你的方向
阔步激昂对你诉说：
"哪个我是不爱你的？
哪颗心不是醒着
通过黑夜到天明把你想念？"

如今，再未遇见那盛情难却的夜晚
你出现在我身旁，我应邀约前来
我们也就开始交谈……

如今，我奇怪的遭遇又偶然地延续
这颗心，这颗心把睡的幻灭唤醒
我醒来，一切思绪还未来得及回想
我已在万籁俱寂中含着泪哭泣着

感到强烈的抵触，才发觉
自己原是这般孤苦伶仃又这般
虚无缥缈……

清醒很快战胜了绝望，这颗心
发挥着它独特而强有力的自我保护
幻梦已被抚平，对你又回到了
那深夜怀着全身心的投入
诗思正像久旱逢甘霖

没有一刻时光
是把你在记忆之中遗忘的
同样，没有哪一种想念
徒使我又感到孤苦伶仃
因为我知道，你也有过这样的时刻

我不再有恋人

我不再有恋人

再也不会有亲密、可爱和你的身影

柔情已冷却，欢愉已沉默

曾经一度倾诉衷情荡然无存

那深邃而美丽的眼闪现

顾盼流转已漆黑一片

冷彻我的额头，和感到

手臂辛酸，忍受痛苦

我们的家乡有馥郁的桂花树

将在不久盼我归回而金黄绽放

我又将凋敝的初冬留有爱你时的思绪

如雨水洗涤大地，我也感到再爱一次广袤无垠

我那徘徊独处的命运回到了原点

我那徘徊独处的命运回到了原点
我曾无数次在心里暗藏神的旨意
她的出现定能改变我孤独的处境
迎接而来的将是幸福快乐的花园
还曾想：诗人的桂冠令爱情传颂
每日能见倩影听呼唤声已是痴迷

假如爱情能胜过我们相识的时光
遗忘中那身心的痛苦又成为我们
相爱时日里数以十倍去弥补偿还
而自始至终期盼是爱人如愿以偿
你的爱就不用心系我悲伤的船舶

假如快乐的情怀注满你现有的爱
平凡的流水源源不断朝你般涌现
爱情的结晶在挣扎的泪水中诞生

时间让你感觉没闲空去思念他人
我会在思念中翘盼你打扮的美貌
如果我过去的幸事全部化作哭泣
我定是在黑夜里为爱情心神恍惚

我忧伤地沉思这远逝的一切

我忧伤地沉思这远逝的一切
我感到迷途中
像麋鹿静止不动或流窜
然后剩下河流、树木、云和太阳
一颗遥远的星星及遗忘的月亮

这黑夜赐予无情的白日的眼
都在欺骗我这沉重的思想
——热情的激动，迷人的爱慕
昔日交谈的欢愉，歌颂的诗行
都已远去，已远去，远去……

别相信灵魂，如今它是深渊的包袱
别相信精神，往昔的神貌在无望中消殒
但请相信爱情，向万物的包容跟和平
和一切生命造访的交谈而缅怀而爱吧

我
不
知
道
你
失
去
些
什
么

我不知道你失去些什么
我失去的又从未等同于我得到的
而那失去的又将永远难以忘怀

回忆？漫长的回忆曾诉说着离别咏叹
来时，我们像一个朋友见到另一个朋友
像绿树中迎来了绿荫树叶的招展
期待中我们又争宠向着友情岁月里张望

当时光让人恍惚觉察每日患得患失时
生命的意义将不再依靠爱情
人生的隐患何其多
人们开始变得惴惴不安，洞察世事

鉴于人们走过的路总能留下痕迹
年轻的心似乎能敏锐避开猎手对准的猎物
去时，我们像河中无心系的两只小船
游荡的波浪像一把利剑横在其中

周遭的事物足以令我们心灵磨灭
神圣的价值建于何种关联之上

我的心已操碎，幸福与忧时

大胆而又羞怯的心灵，那轻浮的行为

不再是你梦幻的一切爱与归宿的由来

这并不是新鲜

啊，朋友们，这并不是新鲜
机械排挤掉我们的手腕
我们的大脑钻进时间的空囊
商品冲击我们的虚拟精神

你们不要让过度迷惑
赞美"新"的人接替，不久便沉默

宇宙像一根根电缆
一座座高楼、一条条马路
及马路上嘈杂的汽车

看哪，星辰都是一团旧火
但是更新的火却在消没
不要相信，那最长的网络线
已牢牢连接你的挚爱与亲情
或已转动着来日生命的轮旋

永劫同着永劫交谈，如同
世界因战争而热爱和平，发展
会因环境与生活对立而回归自然
真正发生的，多于我们的经验

将来会捉取最辽远的事物

和我们内心的严肃融在一起

后来者

幸福啊，为了你，我们成了后来者
后来者，我们所不幸的，热衷于世
因你的爱而爱，叫我们心神俱疲
因我们的孤独同你相看两不厌

你那年轻的心正在爱慕谁家的姑娘
忧伤、欢喜是否各占一半？心急的
少年，情窦初开的少女，我为你们
心迷神往，又为你们担惊受怕
爱之路崎岖难行又见夜幕降临

我的友人啊！切莫悲悯，请牢记这
时代因我们平凡的事物而最为珍重
比起你的美貌我们更倾向于你纯真温厚

神的真主啊！绝不将黄金与竖琴拱手相让
叫我们不费一兵一卒攀登真爱与和谐之上
光阴啊！我们何时受挫折洗礼赢得你的欢心
我们就何时为经历不幸领略真知灼见

我们还要付出最不矜夸的努力去劳作
倘若有人叫我们劳苦愁烦，我们便如守坚利

倘若上帝叫我们轮回，我们将亲友挚爱

哦，后来者，通往你心田的乐土

——永驻

火车站，我们有多少次离别

火车站，我们有多少次离别
在我记忆里像埋下无钥匙的抽屉
像隔绝一切事物原本发生的时空里
已剩百无聊赖的孤独伴随左右

多少时日我苦思你节日那天到来
我欢喜着洋溢某种幸福的基调
脚步轻盈像漫溢过一半的太阳
直奔你装扮一朵二月兰的眉眼
向着人流密集的火车站前去

但见到你，有种不祥的预感
我怕我们的相会又过于短暂
怕我们谈起言行色变的爱情
恋人，那种心如铁石不曾更改
散落的哀愁不曾见你或神的神谕驱散
朱颜啊，你怎舍弃我们独自先走

那共着长相忆的一片曙光已横飞消散
我们细数着金色的梦里的日子
叫我们临摹那些已然枯竭殆尽的小草
为它们的孕育好叫我们俩在春季里分手

我送你时，像患了心脏病一样痛苦难当
青春的甜蜜或生命给予的
总逃不出对命运渴望两字

我们的相识，哦，我们的相识
还没向着灵魂发出召唤
你，你默然辞去少女的形象
为他人和自己塑造成完美的妇女及产儿
于是，我失去了欢送你进出火车站的资格
在那儿失去的将以另一种"成熟"答谢于我

我永远不会忘记

我永远不会忘记
那曾使我爱的，越过恨
如今又使我暗自怀念，心驰神往
——远胜过那以爱之名

那曾经使我悲伤的
如今看来也不过是风光绮丽
此消彼长

如今依然是我，依然愿饮下爱泉
在追逐痛苦和美丽之间沉默而忧伤
——平静如水，心如死灰

致初恋

我曾用我洞察的眼来把你美丽的眼甄别

直到等候你把我的眼流盼，并朝我微笑

幸运的是我们在你所爱的亲情里更熟悉彼此

这样我才有足够的动力说服我的心

朝你跳动，才使我的脚步赶上你的脚步

时间！无知的恋人们对你从不加设想

一天朝着另一天流逝吧！尽管我爱你更深

那又怎样？我的眼不也被你弄瞎

换给我的却是难忘的回忆与模糊的影像

如今我的眼什么也看不见了

你那美丽的眼变成了漆黑一片

我曾用我善辩的口来说服你那拒绝的口

正委婉地朝我倾吐出爱情以外的真挚之情

我急躁不安的心却像小鹿乱撞

我爱你，又像你所说的幼稚无比

从未像如此两眼相对欲言又止

我那善辩的口对你又将宣告结束

我曾用我认真倾听的耳来把你尊崇

又来把你向我吐露一切的顾虑铭记在心

我又将细分你心头焦虑的所有忧愁烦恼

有时我想：我一直陪伴你左右

有时我像你一样愁容满面，领略你真心所需

从你的耳中我听出未来的美好

与我的现实无法涉及你的成就感

我那认真听从的耳不再听取你美好的未来

而是装着满满遗憾的情怀诉说离别咏叹

我曾用我大胆的心灵来把你的心感动

这是我仅有的最后筹码，唯一一线希望

为此我还曾宣誓要做一名歌赞你的诗人

写下涌泉迸发出源源不断的爱的诗篇

心灵，世间哪有靠心灵来支撑爱还有

生活的呢？世人都会告诉你，爱情不假

不过是人们为遮掩生活有意留下心来寻求乐趣

我那大胆而直率的心灵变得像小偷心虚一般

再也不，使爱情活命，使时间倒退

使你合法地再去爱另一个人——我

一片金色的云朵

它起伏不定，悠然自得

晨曦如水光潋滟，春风满面

像美貌女子附加神韵

大地的臣子欢呼雀跃向你阿谀

谄谀者往往逢场作戏得不长久

然而你我是思想与心灵至高的朋友

朋友，若是酒能消除一切烦恼

我愿借此与你并在你身旁喝醉

用另一种神貌状态将你细赏

是否仍心悸楚楚地纠缠于脑

将已然失去的记忆重新唤起

对爱慕时分的眷恋涌上心头

我说："广施不过此起彼伏

徒劳也是惘然

她的欢喜岂是

突闻诗歌里激昂的竖琴弹奏？"

带着秋波化作一缕缕的秋风

亦敬情谊之宜
方可悠长而漫谈于心

山头上飘浮而来
一片金色的云朵
舒展它那遐思遥爱
如闪光里的眼神
荡气回肠
和谐而又由衷羡慕

你将长久地掩饰爱情的痛苦

你将长久地掩饰爱情的痛苦
心里的浩叹在肆意长驱直入
真正的幸运者在与她同住一室
爱之屋，你也曾着实见过

尽管你预先告知彼此分离的难受
尽管你妙语连珠说出珍惜情重
都难以将爱情与她一并鼓荡
说服缘故的大起大落渗入肺腑

消磨的时光，已记无数
新的事物已成旧歌
折磨，让她折磨你真爱的心
来吧，如今它已无爱情的后顾之忧

命运为我们所准备的又必须接受
她的心与她的人都令你赞不绝口
谁若是将取得她的爱抚
谁就是群星之中最耀眼的

你的眼睛流出的泪也似繁星
是一条河向东流去，泪眼婆娑似迷雾

只有久违的梦幻使贫困潦倒脱险
爱情的梦幻一度将爱人呼之欲出
她却消失在了烛心之中痛得久长

是谁燃起我的爱火

是谁燃起我的爱火
追求者对她何等爱慕
爱神！她的心可是水做的
无论太阳的光照多么强烈
有意来把她的爱向我靠
不管对她炽热的爱情
如何燃烧，哪怕弓箭施加火苗
向着火狱不胫而走

而对她的恩爱实在深重
对她那娇嗔也顾影惭形
愿强劲的心熔为一炉，还她那
委婉而心如铁石的托付

为了她的幸福长久，在决定要走
我不由得向她伸以怀抱
缠绵悱恻也由她赤诚离去
泉涌的泪珠为她送别——金秋时节
就怕疾风所促，冷落孤寂
成为灰烬时却不愿见她烦心倦目

没有谁能将她占有

没有谁能将她占有
如同没有谁
既是大海又是陆地

森林、沼泽、湖泊
就算自己作为已知的守望者
也须爱戴这破旧的世界

假如，你不爱我
这世界仍须更崇高的爱

我爱你，为添一道曙光
落叶、清风，作为必然存在
一颗心牢记，由内向外流溢

这爱啊！如星辰之酣睡
如黑夜之双眼，全凭你
听到的风声、雨声、心声

我可爱的女郎

我可爱的女郎
请留下，回忆与忧伤的梦
我快乐的时辰因你而美好
多少秀逸生动的景象浮现
甜美的暇余还在耳边回响

我可爱的女郎
请原谅，希冀又再一次
使我活命，爱情又将飞旋
自由和心灵巧妙紧密相系
强烈的阳光射出明媚的泪珠

我可爱的女郎
请思念，幸福的机遇已错失
看在我执着于诗篇的分上
愿你把我脑际的思想悉听
不带一声叹息向我眼眸注视

我可爱的女郎
请赞颂，我活命还得指望你
向我微笑吧，朝我倾诉
不要将你对我的祝福视为恋情

你该明白除了你，我别无所求

我可爱的女郎
请爱我，像我爱你一样爱我
动人的往昔因青涩而失大胆
如今可爱的情分已获得消亡
而你默不作声我却爱恨交加

爱情在辽阔的路途迟迟未来

爱情在辽阔的路途迟迟未来

难道它有充分的理由滞留？

难道它被采花贼掠夺去了？

难道，多半存于我的梦幻里

还是从未屈身来过，在回去的路上

它残忍地想把我引向何处？

你说，是永不再爱的急流？

我将独自承担年岁的苦难

绞尽脑汁挣脱它带给我心灵的束缚

有人会说，快忘了她吧

她已谋得幸福

我的痛苦也随之更新了

紧接着一个天旋地转将我们分离

难道神的预言开启新一轮的征途？

难道我还没被列为思想与灵魂的形象？

难道那硕大的果实吮吸甘露

还不叫一个甜蜜？

好吧！我只身前去以一个诗人的名义

邀请你们来到我诗歌的名下

并摆出长长的酒宴

好在我心里发挥它吟唱的歌喉

你爱着我就算数了吧

你爱着我就算数了吧
短暂的爱情，短暂的清闲
可是要记住，无论在哪里
你都不过是过客，唯有相爱

是痛苦变成欢乐，如同骄阳
是欢乐变成幸福，如蜜蜂的勤劳

幻想和梦境

你们始终是我最甜蜜的幻想和梦境
我的回忆啊，我的心灵的妙美琴音
在那失去乐音依旧怀揣幻梦的情景
十年之际在我青春的光景里埋下根

你们多欢乐啊，你们来临时多单纯
并向我投以橄榄枝，视为悸动的心
你以少女的金色心事诉述款款真情
用激动的泪水在微微的嘴角保持安静

我们那时无忧无虑的相处多么难忘
我们，不，只有我，坚守痴迷的勤奋
你遗忘的时日会像梦一样倏尔飞逝
但你怀着虔敬的本分令你多么美丽

那些傍晚，隐秘的卧房里传出欢笑
原以为，那令缪斯暗暗窃喜，如今
内心的沉寂与赤诚的心灵彼此缄默
你的离别终将敲响，我的爱将长眠
在你清晰的背后是金色竖琴的身影

我心目中充满无限想象

我心目中充满无限想象
最真切莫过你湿润的吻
和满怀激荡陶醉的相拥
这颗心逃避幻想获殊荣
激动着吻在你热切的唇
从此幸运的抚爱愿结伴

我们洽谈，眼神，紧握
每一处都叫人流连忘返
你温暖的手是冬日暖阳
你富有多样表情的神情
令你令我，欢乐和喜悦

不敢相信憧憬的世界
将降临现实中，笑的甜蜜
甜蜜的亲吻，温柔的手
一颗心听取另一颗心跳
而爱又充满至我们胸膛
享受着爱情与青春留给
属于我们的热情的杯盏
将汲取漫溢热恋的美酒

曾渴望有着书海的世界

我曾渴望有着书海的世界
在文字的美妙诗句里沉浮
时光漠然不屑，从不顾惜
你青春的光辉，包裹泪水

退一万步，一朵玫瑰与
一千朵玫瑰凋谢，同样无助
我们舍下执拗的美好意愿
我们力争敢为，欺瞒孤独

我无计可施愿舍弃一切
包括多情的诗歌，投向了
残酷而隐藏着幸福机遇的
现实，时刻幻想幸运降临

我相信的爱情愿付诸行动
为此我真诚且热情洋溢
人群与森林又有何可比
思想让人顿觉而迷失丛林

树木的形态令人迷惑不解
我们叫谁都亲爱的，一个

孤独的人虔诚无比，对他
视为真爱的心，无怜无悔

视缘分如履薄冰般忐忑
真爱又会降临
美丽的善良，愿获悉上天的赐佑
它在貌美与好运面前
同样稀缺

如果我能不告诉谁我深爱
着谁，而老天也并不知晓
那我的爱，就会摆脱无端
厄运，像阳光再普通不过

忧伤，因为我爱你

我忧伤，因为我爱你
我深知生活不可或缺的苦难
在人们走向鲜花盛开的途中
空气中不免弥漫浑浊的尘灰
明净的当空，着实不属于贪婪者

多雾的早晨，小花吮吸雨露滋长
烈日下，柔嫩的花朵将长期忍受煎熬
生命中凡是痛苦而纯净的美好憧憬
都得经受住深渊似的磨砺起伏不息
并深感幸福与自由难以并驾齐驱时
人生中因"时间"流逝的使者存在

一条路通向虚度和丧失斗志的昏睡
则另一条路转向创造甜蜜机遇
且承担并领悟全部生活的奥秘
我忧伤，正是我爱你的一部分

青年时代

我厌恶青年时代
只因那大胆的情爱
在忍受期望的煎熬
自由的心灵无处安放
既得不到爱慕的青睐
也从未获得真情的约会

如今，过去，忧心忡忡
是谁指引我走向这盘桓之路
我爱得多热切，秉性真诚
在期许美丽的温存

如果过去的幸事是叫我领悟
我已然在痛苦的回忆中醒来
如今，我并非爱也并非憎恨
青春的欢愉只随时光流逝

凡是美丽的事物
都难显现出青春时期的光辉

可爱的玫瑰

因为你的爱真的很重

我一直在想你

但通道将是一个象征

当你偷走春天的美丽

透过清晨的薄雾，可爱的玫瑰

你是一种奇妙的爱

太阳、月亮拥抱你

但遥远的星星

却是你遗忘的心

二十个春天

我们一路说过的话、做过的事，还有随后发生的情景都可忘却——丢失了理智人生不会厌弃的事，除非到了希望破灭，感情枯竭之时。

——托马斯·哈代

在二十个春天里，我是如何走过来的
我们同样在忍受和欣赏着二十个冬天
我们偶尔也能在枯草的冬季窥见盛开的花朵
我们在寒冷的冬夜还能欣慰仰头看见星星
却在无数个春夏里干着急于湿漉漉的雨季

我了解自然四季如同获知爱情一样地思考
它们有着极其相似的地方———大爱无垠
我真切地想诉说尤其像自然一样变化无常
我或早有过春天，我赞美过亲情的爱
我歌颂燕子的季节恰巧也是愚蠢的春天

只是那几年的春季里我领悟了人的本领有限
阴差阳错交织在我们的命运之中时刻注视着
犹如自然甘愿将其一半交给鬼魅的黑夜一样

如今在二十四个初春里（我不会记恨严寒的冬季）
我有幸尝到严冬过后——春的气息
连同着鲜活热切的心跳在我耳边狂喜
而虚空沉寂的夜却被遗忘在了脑后
"连忙"取代了时间，取代了空间

还来不及望那急切可爱的目光和那握得出汗的手
那吻啊！仿佛是收了翅膀相互依偎的两只鸟
吻得越久飞得就越高，极其相像恰似融为一体
而心呢？像极了当空的太阳照射万物

我们有过这样的时日又绝不能用时间衡量
我看来用生命衡量对幸福而言是忠实钟爱的流露
自然总归是自然，不可否认我们是自然的一部分
那心像树的根，像地球的大地，像土壤中的水分
当像什么时，自然会有它相对应的灾难困扰着

我们呀，这两颗心同命运其他的没什么两样
人类智力有限，心态更加难以企及了，又在自然当中
添加的诸多物质和诱惑，像撒下的一张张
手段的巨网，以及建造捕捞跟破坏的利器
我们无一不上当受骗！在一步步走向懊悔的来时路

我在走，我在走！急切地在走通向平凡的生活之路

抛开这颗心，抛开理想下的爱

与我相识并亲吻的姑娘

您在走向与我背道而驰的路上

会曾像我一样劳苦愁烦的

我的目光和诗都在诉说最真实的人格

您若看见它就等同于看见我的路途向您发出邀请

如此相谈甚欢和不懈努力在说明您该看得见

我心爱的姑娘

但愿你就是我的一切

我但愿你就是我的一切
无须更多，心爱的姑娘
最好的永远属于那消逝了的时光
"过去"如水流，只为迎来
新的生机盎然而直面前路漫漫

我怀着期许中的甜蜜，仆仆风尘
连声感叹："孤独的'时刻'
全教会了孤独的人们？
——孤独，遁迹，孤独。"

假如上帝赋予的力量能将心灵猜透
情之所钟便十分明朗
然而人们没有神明的力量
换取的是如何坠入情网的辛酸
和渐渐褪去热情，迷失自我

我们抛弃怜悯，抛弃罪恶
仅凭一颗善心还不够
我们时常责备人心
不同的角度折射智力远没自然强大

除了我们要勤劳获取
面包和爱情这永恒的定律外
我们依然处在孤独的世界里
因为终将会失去岁月夺去的生命

我爱得理智，我将神祇猜忌
珍惜情重它不会明白透彻
这却是我爱的一切的缘由
无须更多，我心爱的姑娘
我但愿你就是我的一切

灵魂充满了傍晚的贫困

我的灵魂充满了傍晚的贫困
是将它隐藏，还是向世人告知
这颗还没燃熄仍火热的心

它以年轻的生命驻足在我的肉体与思想里
在追逐绿叶与鲜花的年代
沁人心脾的幸福时辰几时降临

原谅世事烦扰，忧伤的心绪重叠
显出爱情的香甜已随烟消散

傍晚，黑夜胜过疲惫的黄昏
心灵胜过沉默已久孤独的旅途

紧随你意志的大门敞开

紧随你意志的大门敞开吧
随风而逝不会有驻足之地
奔流的河水不再流则干涸
生命的种子不该受自然妥协
崇高的价值尊崇崇高的心灵

不愿流淌，可是感到
我这颗心隐约刺痛徒生痛苦
消散雾障，随后漆黑
渴望少有犹如渺茫的希望
如裴多菲胸膛里可爱的情爱
绝妙的才情和民族大义

但愿我能像他得以挚爱
但愿能领略永不分离
可是我哪有预言成真的本事
在人们离弃时仍投以深情厚谊
于是久违的记忆招来久旱的雨水
心灵的震撼才最终获得苦尽甘来

我那逝去的，不同年岁交易
与生命、青春年华和爱情缔结
奉献自由的心，愿喜悦常驻

你额头密集的皱纹

不因等同于情感的枷锁而感到无望

你对命运保持的

应当同你感到骄傲的一次，永远保持下去

忧伤的诗人

忧伤的诗人就该写着忧伤的诗句
如果想去触碰喜悦的爱情乐土
那么他所付出的代价是巨大的
而他的爱慕头绪仍将难以落实

陌生的人，你的名字我已知晓
默默无言的目光因此放出光彩
生活沉重的梦境令我追随你
请让我对你美誉和赞美

那羞涩之花又如何开放
还等不及天已落下帷幕
爱这忧愁与黑暗的世界吧
命运与意志同样令人质疑

支撑我的究竟是什么
心灵都已沉睡了

我的生活

我的生活
从多雾的清晨
来到晌午阳光下
从高山险阻
眺望平静的河水
广袤的田地令我奋不顾身

从房子走出房子
从田园走出田园
剩下的，永远
是路和无尽的山野
永远是迷途与往返
又再次起程

我的生活
曾是鸟儿般的歌唱
曾是小鹿一样灵动
化作梦里一些细小的欢愉
在轻轻地诉说
那满怀琼浆的幸福

高山仰止，景行行止
爱恨缔结，所思并存

什么使爱情熄灭

什么使爱情熄灭
又是什么使心中激情躁动不安

难道相遇是非议的另一种惩戒
莫非世人的各自轨迹都已注定
忧郁过的人不会觉察忧郁，是一种幸福
而年轻的爱也需要觉察

陌生的人，因爱的理智仍坚信相遇
有谁说得清醉意后的欢乐与愁郁？
陌生的人，年轻的过客注定会有诗人
请将这美酒拿来，陶醉于我的猜疑

我不应该说因北方的冷气温
影响到了我身处的南方
过两天放晴又能见到你
和你那双迷人的眼睛

一粒沙

别说话，要掩饰和埋藏起你的幻想和你的情感！

——费德罗·伊万诺维奇·丘特切夫

从前，我感到有一粒沙
在我眼睛里，不管它是不是一粒沙
我都要让我的眼睛摆脱那种忍痛
不再流泪。我就用一只手使劲地揉
直到看清楚周围，又开始满心欢喜
不去管它是不是一粒沙
就像不去管自己是不是男子汉
——儿时走过的无意之中必然的经历

如今，没有什么沙粒会进入他眼里
偶尔一只蚊子会飞入正开口的嘴里
他也不会开口诉说：
"该死的夏天招致这些蠢东西。"

但是，当他在夜里躺在床上睡觉
要是他回想起过往那段辛酸的爱情
他的眼睛就会像进入一粒沙忍痛着
流下眼泪，无可名状的眼泪

哪能说没把她看在眼里

我哪能说没把她看在眼里
当我眼睛盯着她痴痴入迷
天哪，她眼睛是如此迷人
我的心被牵动脚步徘徊不定

这颗心，这颗心是该多渴望
娇美的容颜胜似夕阳的余晖
叫我捉摸不透；虚度的时光
仿佛回到充满活力时的光彩

我曾寻找安宁的生活度晚年
试想忘怀和自由能一路相伴
我不能指责爱人对幸福追求
就用虚情假意的话掩饰煎熬

我又怎能忘了追求时的辛酸
今又将这颗心提上爱的日程

这一切都是我亲手给毁掉的

这一切都是我亲手给毁掉的
这云端镶满光的太阳暗淡了
幸福温暖也好像快要窒息

我，与两年前的爱相比较
失去你，黑暗的道路如同
自己失去光明，思绪万千

那彼此亲密的爱、冷落的恨
爱时的一切付出，为无知的自己
感到从虚无到真实

我们别离，像有爱情的人拥抱
曾映照在自己和你的身上
如今分手的苦楚只得独自吞下

舍下我走吧！一切从未发生
可是，我总是念着一个名字
是你，分手时与来时的一个影子

要时刻注视自己的心

要时刻注视自己的心
趁年轻青春的心还能吟唱诗句

我们虽在冬季忍受寒霜
但绝不会因怜悯的辉光急切绽放
信仰之花蕴藏等候长久的春风召唤
生命之地同样需要泪水灌溉

无梦的安静如何在恐惧来临时奔走
我们要学会孤独赏识星星高挂夜空

我曾如梦一般深陷初绽的花蕊里
那些美好的情感如蜜汁
我曾感到将你拥入怀中
那是一切美好幸福的永恒向往之地

那爱的时辰逝去多年，你是否遗忘
我用无限诗句令你烦恼并深刻记住
爱之心回味往昔恐是最后心灵归宿
如今提到爱情，游荡如鱼眷顾漂流

请将我回顾，像夕阳迸发吸引人们
投入最后一眼如盛装之美盼的欢跳

说实话，我比任何人都厌倦诗歌

说实话，我比任何人都厌倦诗歌

要不是心中还存有一丝善意

要不是沉湎于美好的梦境

要不是生命富有力量

欢跳如何进行？幸福依靠什么延续

若不是奉承心灵对未知向往

我会忘了这颗心将如何跳荡

痛苦也只存留于肉体表面，面无憎恨

更谈不上青春

迷人的密林都无比幸福

请原谅，这份渴望要比甜蜜鼓舞人心

回忆因时间淡忘要比再恋一次可贵

正如我们向往花园不总是在花期

未来，神秘的缪斯，祈祷者望穿秋水

我的迷惑时光，请赐永恒的拨响

激荡的心是如何跳动

从此刻起，我知道了
激荡的心是如何跳动
加冕的幸运是如何珍贵
它像破旧的竖琴还能发出
绝妙动听的歌声

这声音多年不曾出现
如今悄然降临于我的耳畔
青春美妙的声音犹如春光乍现
树枝长出幼芽发出的声音一样
蕴藏的花朵愿同美德被你爱戴

令我痴迷追随你，在我身边
正开着一束灿烂的花朵
我欢喜，我尽情期待
我满怀希望

还有那长久的幸福
那爱啊
将从今日数起，越久远越

朋友，请别用世俗的眼光看待陌生人

朋友，请别用世俗的眼光看待陌生人
若在和煦的春日里担心夜间的灯火
那怎样能看到目光炯炯对倾心凝视

若找寻我的身份，你已然找到
我感激地猜想在幸福路上
能否驱赶过去种种哀婉和幽怨
又总将奇异的话语倾泻而出
为此，我用理智和宽慰安抚自己
告诫自己一切的爱因唯一的人而相守

一位年轻的诗人，在此之前
作为田间耕耘的能人，从未
被任何一朵花用芳馨抚慰他心头
此后，即使身处繁花似锦的城市
郁郁的目光被事业每日的繁忙隐藏

尽管如此，他仍怀念着骑行在
乡间小路去探索不远处
另一个从未到过的方向所带来的存在感
他感到忧伤和无尽的叹息
正沿着泥里的车轮印前行着

在他看来恬静的日子缺少爱的盼头

妙极了，再也不会有频频回顾的喧响
不会有余音缭绕洞察般的激情
溪流的源头他早早踏足过
那一脉水源清凉、清澈、柔软，曾触动
他藏在心窝里的思量和向往
然而，他注视着溪流流向的一方
和即将下沉的夕阳
他仍会继续找寻并心中有了坚定的信念

还有多少幸福的机遇没有打开

还有多少幸福的机遇没有打开
请向西风捎去我的渴求
原谅这忧伤且真实的状态
并相信现实里我无话不谈

诗人的用武之地仍是爱情
至于种种结果总要比谈及
宇宙更切合心意

这一次，不同于往常的相遇
将不再去做任何叹息
不再编织任何美好的幻梦
就连充满复杂的思想也一并遗弃

停下诗歌，停下幻想，停下犹豫
生命里相遇的人换了又换
为何你还没把最真挚的话说出口

致幼时的朋友

我爱，真诚实意
袒露最珍重最爱的心灵倾诉
强烈的爱情如同冬日的晨光
先是慰藉，然后放歌
最后遭受夕阳沉闷还是心灵共鸣

我试问我的信仰，我的内心深处
痴迷你的心不断涌现
再次相遇，又再次离别
但我深刻知道"爱情"常走这条路
既给我希望，又给我忧伤

曾几何时不也这样默默无言地爱过
那时因年轻，少些悲伤
如今这颗爱的心毫无疑问
灵感充实着诗篇发出坚挺的声音
我爱你，比我坚信的信仰还果敢

亲爱的幼时的朋友，请沉湎于
这突如其来的友爱转变为盛开的
爱的花环，随心降临眼前的痴狂
请爱我，并像我爱你一样爱我

还有什么秘密可让我的心忧郁

还有什么秘密

可让我的心忧郁

忧郁便是打开爱的真挚的大门

寻求安乐和静谧

你赢得我的心，赢得奖赏

可是，哪有公平交易

到处都是荒废、偏执和怪诞

就算全部是给予仍会被人疑虑

并且认为是性情中人人本应得

忘了风、河流、光阴，以及鲜花

整个大自然都在流转和消失殆尽

人类的宝库还装着金钱的把戏

若黑夜和白天一样

我就不用如此难过

溜走的光阴，宇宙间的骗子

才是神所告诫与宽慰我们的

一颗隽永的心我们总学不会

一个出生的家，我们，快爱戴

未来一切奥秘莫辨仍强烈付诸行动
阳光授予大地的爱抚

不应该感到炎热难耐就躲回阴凉之处
请看那独处骄阳下的花朵正脱离苦海
也不应该总是逃避，或用长矛肆意指责
但可允许自己是盾，是活跃的大脑

因为长翅膀的鸟儿也停下在筑巢觅食
笼罩我们的，这永恒的太阳可以消除
可是心儿的恐惧仍靠自己警醒和磨砺
你赢得我的心，赢得奖赏
请打开忧郁、秘密的爱的大门

他们沉睡在痛苦的梦里

他们沉睡在痛苦的梦里

睡姿是唯一留下的美好记忆

那时他们爱着，像迷路一样爱着

但他们的心，各睡两头

他们的感情还不如这睡眠

他们睡着又才像爱着

而爱着，命运又总叫他们醒着

他们刚有了睡意，是厌烦的睡意

她并没说，只灵光一瞥加之一声叹息

哦，她似醒非醒，像感情总尝得出这夜

这夜一度让她滞留，你也心甘情愿尝试

你不会睡去，这是多难得的机遇

她睡着就等同于爱向你开放

趁现在望着身边一团黑影爱吧

爱她身上最沁人的芳香

爱她那同枕并散发出温存

爱那动人的神秘的美感凭着黑夜

将头压在她的细发上

哦，那是她的细发，如同身体
在你的头的下面裹藏

你可以认为她爱你，只是背对着你爱
这样的日子可不多，你去拥抱吧
不要想这想那，怎么，滑落了

难道她直躺的身体还容不下你两只手互拥
你可以理解她醒了，她的爱也随之消散了

幻
影

哦，爱情，请快快把我忘记
为友谊，为陌生人，为无数

闪现眼前的形象和无数希求
我都要把我的眼冠以浮华的虚名

何时起为我解脱折磨心灵的苦痛
挣脱遗忘的残红，紧随黑夜入眠

忘了过去岁月的足迹
有如昙花一现的幻影

不会再有幸福

我不会再有幸福

有一种人

他爱着就如同死亡获悉

只有一次

死去了才结束一段情感

而重新降临又何其艰难

可爱的朋友如今可爱在哪儿

在哪儿有友善的交往

花朵总比绿叶吸引人们的追捧

到处都是寻求的灯盏

灯盏下长着一副副哗众取宠的面孔

无论是爱，是友谊

或是谎言、玩乐。轻薄之人

多少人在破坏真情

多少迷茫的双眼在企图突破

多少虚幻胜过真实，重回孤独之中

就算一对鲜花的结合触手可得

脱离土壤或长期在阴凉之处也会四散飘零

鉴于欺骗的惊恐

人心又将趋于退缩和沮丧

质疑者在向你追问：
　"一对情侣相拥后缠绵雀跃行进
爱情是否降临他们抚爱的心头？"
若人的目光只看在这
成长的羽翼有待长出更丰满的羽毛
就算结出生命的果实也难将爱佐证

不懂得远逝的珍贵
甜美丰盛的果实也会萎靡化为灰烬
离去的抑或等同死亡
再见时又难重获生息
请追寻生命之定律：
　"一切以情之重为重
远胜过光阴将你虚掷"

依然如往日度着时光

我依然如往日度着时光
孤独的时光，您真美
您又回到了我年少时的忧愁
泪水，叹息，大相径庭

只是歌手苍老，歌唱透着苦闷
那时相爱着如同亲情
在一次次青春里相识相聚
如今这歌声连回音都将失去

熟悉的风景依然矗立马路两旁
只是沉郁的脚步无法再次踏往
时刻提醒着
"少一些憎恨，多一些欢闹
像个孩子一样去喜新厌旧"

多少记忆的声响在流淌

多少记忆的声响在流淌
多少黄金的光阴在飞逝
多少梦寐的理想在退缩
多少金黄的梳子在腐烂

请在那，一片朝霞的地方
在等着谁的出现？谁又命
我们离开？强大的形体和
美丽的骄阳，下沉的夕阳不是
人们爱恋的那一杯苦酒吗
多少流淌的河水只浮现出短暂的倒影

我的心每日每日把你想念

我的心每日都把你想念
一个将明朝着另一个将明
我的希望跳动媲美这曙光
爱着，不失活着，生命至上

热情洋溢，迷离的大海啊
你不该把一切都藏匿起来
有人爱着你，也爱着自己
这爱，不该把更多的人宽慰

熬过经久不息的寒冷冬季
好不容易迎来和煦的初春
这大地就是爱，能使枯枝萌芽
我爱你，比它们艰辛

从未像美丽的爱情

我从未像美丽的爱情
也不曾有动人的惋惜流连忘返

既不能像诗人活着
也不能撑起一番事业

我虚度的时日不比星星少多少
不想说一个模糊的幻想打动人心
因为它与欺骗同样让人内疚

如果在我身上有一丝诱人的契机
那么我宁愿失去自由和生命去补偿

爱就藏在我痛苦的心里（二）

爱就藏在我痛苦的心里

我渴望将它抛弃

不愿陷入叹息之中

每晚的忆与泪实在糟糕透了

尽管我还痴恋入迷

尽管虔诚的心狂热不安

美妙的竖琴依稀在弹奏着

切莫怀疑，也无须同情

绵绵情意会随着飞洒汗水的征途

在无尽的疲惫与时光里消失其奥秘

我深深地知道，藏在我心底的痛苦

失去你就等同于失去一半的爱与光辉

有了健康，幸福就有足够力量完成使命
还有我的祝愿，爱已平淡，沉寂了
我已不再是以前的我
除了诗歌延续，其他皆已改变

过去的面貌在你我交换目光后
浮现脑海中的只是对方的青涩和容颜
如今，你憔悴的面孔让我得不到宽慰
都怪我，这深情的目光如炬

非叫什么善良、可爱、彼此熟悉
心糊涂泛滥表露爱意，竟不知退缩
也如歌，这歌如诉如泣，成了
我后来的忧伤，使时间短促悲伤久远

姹紫嫣红在忍受烈阳后平静显现
与我接受秉性的孤独考验一致
过去的一切又通通还回来了
只是我感到情意仍有更高的殊荣

唤起回忆与日后重逢仍欣然欢喜
待崇高的敬仰和为人母的博爱

有足够力量完成使命

一个童话里恋人的女儿
那明亮中的恋人中的女儿的双眼
跟一颗幼小的心灵的抚爱相比较
我对昔日的悔恨不因衰退而爱上她吗

爱与我这不相称的一对，爱非得成了自己
直到一滴露珠或蛛网为他人和生活奔赴
继往开来，我便拥有往昔恋人的幸福
和女儿那明亮的眼眸、如初的心灵

你应该献出你的爱意

你应该献出你的爱意
时光老去，你是该伸出双手
把酒后的醉梦连同勇气奉上
吐露珍珠般敞开心扉的透亮
机不可失，你明白吗

青春的花朵与一念之间没丝毫区别
看在上天赐予我们生命的情面上
我们应该将爱人呵护
像涌泉涌出水养育人类一样

它还能为我们修筑最美丽的花园
人生的筵席从那刻起将变得神奇
我的心儿已经开始燃起
脱离痛苦或是同情的慰藉
它都将没法生存

做人与磨砺紧密相连
就像爱情离开了温柔的河床
将变得怅然若失脱离轨迹一般
我相信我所相信的
对正义的痴迷，对荣光的向往
是幸运者所信奉的崇高真谛

一切又将归于最初深深的宁静

一切又将归于最初深深的宁静

没有爱情，没有忧伤，没有喜悦

心扉也无法敞开可供诉说款款真情

不再有热情的恋人，不再有耳边絮语亲昵

单纯也一同赔上，美妙的欢笑也已收音

仿佛连沉醉于自然美景也失掉了色彩

人生道路多般险阻，纵使飞翔也是徒然

当无法深深满足于你隐藏幸福的愿望

青春的光照就会从我们额头痛苦划过

尚未划过的记忆像漫漫长夜寝食难安

可我深知并坚信有条通向爱之路

通向命运转折且以此平衡心灵与生活

交织出新的幸福归宿

这条路以艰难著称，以失望为座上宾

曾赞美并领略爱情的诗人

又绝不会因痛苦的挣扎而放弃

青春的光照会再一次亲临

掀起幸福的浪潮，波光粼粼

我爱着

我爱着
什么也不说
如饮下甘美的甜酒
在醉心的梦中痴迷

我爱着
不再眺望远方
但不是畏惧不前
我要专注登上山去又原路返回

我爱着
我乐意同你们分享
我已有的快乐
它们在向自己提问

我爱着
我不愿它是春天
我把它比作夏天
人们真正爱的是秋天，我是冬天

我爱着
不受世间的孤独唤醒

寂寞之苦也属通俗

我有所求，有所理解

我爱着

我的眼更乐意看到

阳光将大地晒干

我听见无声的空气使美好成真

我爱着

不断向爱进发

一个接着一个

不是爱的结束便是在爱的路上

我爱着

不问爱的涌泉是否枯竭

我相信它从未枯竭

而问这流淌的水能否饮用

我爱着

我甘愿饮下

如痴的梦中，心灵的一角

在告知我世界变美了

感到春天的踪迹

一

我感到春天的踪迹
哦，你好啊，春天
你在哪儿，哪儿是园圃

为何离我远在天边
一朵花朵隐藏深邃
携清香漂游淡淡忧伤

什么是微风、雨水
炎热的夏天可做得
独自享受，高歌生辉

我在为命运找寻真爱
为了博得一朵花儿
心甘情愿在我唇边抚慰
却要痛苦忍受至善至美

二

哦，我的眼泪流下
还有我的欢喜，全因为
彼此相爱的怀念

爱情，爱情如渺无人烟
星的轨迹、船夫的小船
又共同身处在大海之中

只要你能想到我
这青年的忧愁
也是你的，像岁月，像浪花

像梦一样飞逝，又像黑夜在
逃避下一个将明，倔强找寻
你不会不在镜中感到
浮现脑海中我的身影

又仿佛看到了一张美丽的面孔

又仿佛看到了一张美丽的面孔
多年来，不曾出现的身影仍迟迟未来
令我欣喜的人儿如今出现在我面前
那迷人的眼睛有谁说得清来历
我为她那低垂的沉静的目光所吸引

心中仿佛燃烧着一团烈火
纵然我对爱如人去茶凉一般
原以为不再出现是因为曾经错过
虚情假意一度使得我心灰意冷
所求与所爱更谈何容易

幸福还是希望远没失望多
这期间若不是你的出现——
我会认定命运之神早已不复存在
你又要叫我悲喜两重天了

把你那美妙的思想告诉我

把你那美妙的思想告诉我
连同你那畏惧的焦虑
我悉听尊便，因为只有这样
才能唤起对爱情或对梦幻的抚慰

陌生的人
日子百般无奈
生活，生活已不像自然可爱无比
事物在流经的某个生灵已改模样

我们遵循的希望常常因困惑夭折
我祈祷上帝，让真的爱情降临
就像诞生的婴儿在母亲的怀里
或像美妙的思绪在你我间倾诉衷肠

当自由的星辰降临

当自由的星辰降临
优美的竖琴旋律依旧回荡耳畔
而照耀它的美妙的森林
犹如生动的景象

当一条溪流通向无尽之无声
畏惧、恐慌、失落，便油然而生
秘密的爱情，秘密的追求者
正如怅然若失于挚爱的信仰

一切美好诉求、意愿
都将在心中隐藏，至死不悔
那痛苦的甜蜜，甜蜜中的忧伤
一切的一切又将变得自由而更加生动

我爱着，像玫瑰爱着

我爱着，像玫瑰爱着

我发誓，我爱着遗忘

我怀念或是憎恨

都难以隐藏这风声、涛声拍打岩石

发出的孤寂

炽热的心临近冰点，忧心忡忡

我向人类的情话予以崇高的敬意

我爱着，并真正找寻

人们可喜的辛劳和真诚惺惺相惜

我爱着离别，和大胆的希冀

我发誓，我娇羞地爱着……

充满希望的印象，莫被岁月重创

别离，喧响吧！涛声，你震怒

思想的彷徨的忧伤，愿你勇往直前

那一瞬的浪潮，可不能击垮或徒生激情

你颂歌的热情该继续你肩上那行动的关切

我爱着，默默无言

爱着，我发誓

曾像未来爱着

如今同样，用未来爱着和诞生

不，我将不去追求荣光

不，我将不去追求荣光
不是畏惧死亡也非精神诱惑
青春的欢愉？哦，艰难无比

轻浮的朋友，满怀聪明的希冀
从天空跌至路面又从路面起程
不一会儿，路已中断成了碎梦
就像多数人认为的，真理就该
服从多数人并被冠以显而易见的道理
且不说梦想伟大，也着实可贵

轻浮的朋友，世上哪有聪明？没有
有的只剩轻浮跟无尽的思想路线
有的人乘着梦独自飞去
有的人恪守就在山坳里徘徊
但绝大多数人保持中立还有沉默
感叹生活的样子且立马投入喧闹之中

请相信，抛开世俗，抛开幼稚的梦想
信仰绝对比友善更有力量

轻浮的朋友，这只是短暂的告别

就像爱情那样，付出总会是好的
余生会源源不断而来的美好回忆

轻浮的朋友，昔日的挫败绝不是永恒
而是荣光背后宛如清晨的露珠空气
我们脚下沾湿的泥土才知对力量的敬畏

我们终究会回归平凡
但也有必要扬起荣光之帆
为如此可爱的漫漫长路般的时光挺进

从未感到幸福会如此延迟

我从未感到幸福会如此延迟
要等多少焦虑难耐的时辰
清晨露珠才会降临在盛开的花园

爱之湖畔将迎来繁星瞩目的伴随
但愿未知的风能带着一片柔和

多点苦涩无碍，心灵不能止步不前
请相信爱，正如我们那莫名的信仰

我们之所以烦躁不安是因为动摇
既不相信爱情，又迷失了信仰

露珠会被抖落，沾染灰尘
花儿也会碰伤或倒伏，萎靡不振

记住的全是忧伤的声音

我记住的全是忧伤的声音
我是太幸福了！从我们认识起
我就从没像现在这么感到幸福

过去的岁月还是可爱的身影
幸福又是几时从我们额头划过
留下甜美狂喜的亲吻互为拥抱的

全是人们卖的药
脚下的路积压太多太多的沉重
虚幻的梦境又强行驻足于大脑里
抑郁似乎又是青春体验

我怪罪于漫步在我记忆深处的烙印
它让我的爱的宽广与复杂相矛盾
更让我嫉妒又气馁、苦闷和恐惧
人世间哪有因爱情种下的希望

内心珍重的事物抵不过时光流逝
在人群里我们唯有一双脚
又怎能保证踏足下一个路口依旧是爱
我们倾听的与眼见的，随社会

也时常欺瞒我们心灵的期许

我们最终或许放弃满怀的希望
转而向着命中注定的道路
学会了如何救援和妥协
像落满一地的花瓣或许也会
感到胜似花朵的一丝美好愿景
足矣

我们偶尔在爱

我们偶尔在爱

我们偶尔在走

我们偶尔停下

我们偶尔回望

我们又偶尔认清自己

你以为这是什么

我们偶尔见到影子

我们偶尔抬头

我们偶尔看看星星

我们不看星星

星星偶尔看着我们

你以为这是什么

我们常常看见太阳

我们总是躲着太阳

我们偶尔猜出云朵

我们偶尔领悟失去

太阳偶尔看着我们

明天偶尔会到来

你以为这是什么

你以为这是什么
昨天偶尔失去
我们偶尔在爱
我们偶尔在恨
我们不看太阳
我们偶尔面对黑夜
我们又总是逃避白天

遥远的朋友

遥远的朋友，我始终在将你寻觅
趁我这心灵还未沉睡
那童稚的面貌还没失去
执着的大道还是小道，秉性善良

黑夜，忧伤的世界，已驾轻就熟
这溢满柔情的话语愿谱写诗意
青春盛开的爱情香甜
内心的苦衷从未向人们泄露

甘甜之蜜似乎都挂在了云天之外
就算哲学家、诗人、智者
还是穷人、劳动者
都将没法打动无拘无束的美梦
正对着一面虚幻的镜子
只照出欢娱和虚无的诱惑着的
被遗弃的爱的火苗，随时光熄灭

全都遗忘，唯独莫名泪水流淌
请让我将你淡忘，我追求的目光充满
对幸运女神的眷顾的无限渴望

趁我这心灵还未沉睡

那童稚的面貌还没失去

遥远的朋友，我始终在将你寻觅

欢
愉

一

你失去了那些欢愉、激情和爱
你终将逝去日或夜的美好幻想
你只好在桎梏中日日夜夜等待
她总是可爱地保持，你也就苦苦折磨
这五月的季风啊！倘若吹来
你会看到许多花园，忍着盛极一时
的昨日，又被来日的雨水滋养
生活，长久的跌落并不存在
你有你的希望，她有她的可爱

二

无须捉磨，无须做命运交集
你有的，正是太阳所传递的
你缺少的，应当同你的缺点纠正
剩下的，也只是在夜里赶路而已
人间万物啊！多少人羡慕你的娇容
古老的歌声里，亲吻，亲吻幸福
对月，另一支歌又悄然来临
你恋的哪一支歌是在亲吻你和她
命运之下的新生活呢？你答

时常行走在忧郁傍晚的森林间

我时常行走在忧郁傍晚的森林间

一颗心与路的一端碰撞出的星空

在我眼前四周漫游，并放射银光

黑夜舒适的温度又不免令人冷落

深邃的眼神也会变得苍白无力

不仅觉察可怕的岁月随风而去

就连独自慰藉的眼泪也浑身颤抖

假如我们抛弃这份怜悯之心

假如我们玩世不恭顾此失彼

或者我们对爱情像遗忘时间同样

我们又绝不会因叹息轻易获取一份爱情

或者美梦时我们所轻信的美好愿望

意念所追寻的逃不出残酷的短暂瞬间

森林里的枯叶何时才能

燃起青春的熊熊大火

难道欢快的时光已然逝去

难道还得不到美妙竖琴弹出的绝妙之音

难道痛苦无感，幸运女神对众人广施

却偏偏独自撇下我去寻求欢乐

不然，因残酷的命运不也对黑夜
扔下孤独、寂静、黑暗和冷透吗
就当为自由的足迹，为生活中积累的情感
我们应该对这份白昼造就的自然心生感激

你寻找的人

你寻找的人
和与其漫长的路
一个向着伴侣，一个向着生活
伴侣向着朝阳，生活向着黑夜
朝阳是希望，黑夜是眸子

生活，其中包含伴侣
伴侣，是你爱的事物
这两者构成心灵的精灵
也该属你们的新生活哪
（尚有心灵，须踏出一步
紧接着另一步）

它构成你的园田
构成空气与火光
构成今朝与明朝
失去谁，都将成为半个人类

种种可能，种种迹象
（可能如同一只小鸟，迹象如同白云
永远走下去和驻足安宁）

所逃避的，所臆想的
不过是人类种种可能中
所要放弃的和少有的追逐

十月啊，十月

十月啊，十月
可怕的预言最终还是降临了
我生命中最珍贵的人
向我传达了诀别时的惋惜
和不得已中沉思蕴藏深情厚谊

曾流露出恳请我能谅解的焦虑
我不断悔恨且加倍自责
自身如同小树怎能给花儿遮风挡雨
而摇曳的同时又常把泪水挥洒

青葱的树枝除了生长生命的树叶
还结着青春苦涩与忧愁果实的诗篇
我再也不能在春意盎然的时光里
将花儿甜美的笑容与动人的身姿
徘徊与旋转，尽收眼底

我曾尝试过吐露出另一种心声
来唤起热情时分，温柔的眷念
因此我由衷的希求就藏匿于中
然而希望又与泼一身冷水感觉相似

我明白了，若两人不能互为取暖

分手也不过是奖赏

仿佛是上帝赐予了忧伤者不公的契机

因为心中有爱

因为心中有爱，我倾心爱情
因为爱慕善良，我从事友善
因为寂寞相随，我不辞言谢
因为神清气爽，我不做姿态
因为纯朴视角，我不藐体貌
因为真言凄迷，我不违道德

因为时间流淌，我不忘黑夜
因为岁月多磨，我不谈分离
因为命途多舛，我不言失败
多年有段殷勤，我不负有你
一次坦露告白，我不曾爱过
我的眼中有你，我也曾拥有

独自去爱

我爱的一切——我独自去爱
如它们悄然无声从天上亲临而下
如它们化作玫瑰，温柔、芬芳、馥郁

它们叫我去爱，又决心离我很远
曾几何时，欢乐的甜蜜不能冠以爱之名
相识相处竟不为甘甜的源泉增辉

那一抹圆月照在雷击的枯树，露珠滋润使它腐朽
就在那之后，当黎明破晓有着最晴朗的天空
与此同时，漫长的冬季
引领人们有过短暂欢乐的痕迹

啊！我的歌有什么意义？
它要唱出怎样的欢情都不及赶上幸运
我为我的身心感到羞惭
因为再一次失去不属于我的美梦

该死的时间让我与你相遇
为一见钟情我爱上了你
然而一个人回答，另一个人离开
这仍是一个最动人的爱情故事

怀念我吧，在孤独的时光里

怀念我吧，在孤独的时光里
再幸福的人都将逃不出孤寂
你总有把我深情凝视的时刻

如今记忆中的痛苦冲刷了许多
你已在幸福和欢快里生活有序
没有你虽变得糟糕但归于平静
未来某年或在熟悉的地方相遇
抱歉！我仍会令你心酸、失望
就像天晴与下雨我们都猜不对

你以晴朗的微笑言语关爱亲人
而我以交错的热泪却低声不语
我曾经陪伴你踏足过往的辛酸
如今却又独自降临在我的身上
痛得久长。要知道，爱恨难辨

那过去的岁月不让我原谅你
先不说这颗心有多么多么爱你

这条路我曾走过多少回

这条路我曾走过多少回
如今，我还要走，走向哪儿

那曾经是我，那依然是我
噩耗、胆怯从未被引领爱的真切
真正眷顾。我的感觉黯淡
像是前奏的恐怖的夜与孤独的言辞
大脑与心灵弹射出的，我不再相信

不代表就此丧失行动
明亮的河水应当有一个明亮的月
你若有一颗心，我便引领太阳的光芒找寻你

我是你的星光熠熠

我是你的星光熠熠
撩动月色，避入你的港湾
在澄清而荡漾的湖面上

你温柔的目光，不时送来阵阵温情
犹如心的自然在歌唱，欢呼雀跃
纯正而友爱像这舒展的风

我们转而漫步熟悉的
胜过骄阳缤纷的白日的幽蓝的夏晚
然而露珠湿润着彼此的面颊

随后紧握的手迎来了新的目送
怀揣着甜蜜而幸福的情调

你我都知道，迷人的幸运的爱情之星
在月色朦胧且诱惑着心房的鼓荡之下
已诚服于我们这两颗心将永恒地结合

晨风啊，骄阳啊

晨风啊，骄阳啊
欢畅的时日和优美的旋律
你是那么亲切可爱
那么饱含深情

你富有绿树茂林，河水流淌
仿佛在向人们呼吁
自由，永远把大地爱恋

你那不曾化作爱情的泪水
早已随清晨的露滴落在绿叶
早已滋润了绿芽的歌唱温馨洋溢
那久别重逢的心花又将盛开出迷人乐章

你们，欢快的精灵

你们，欢快的精灵
哦，不再对我歌唱
清晨，一只小鸟在田间嬉闹
传入我耳，我渴望一见

金色的太阳，还有游丝晨雾
洁白的云朵将天空拉高
而我这贪婪的疲惫不时静止
陶醉于美景以外的
诱惑着的美眸里携手徜徉

此刻，我想起一阵阵温情
欢笑和泪水，仿佛回到了
童稚梦境，一个少女亲切的话语
在我耳边轻轻回荡，细语呢喃

一会儿，歌声又随欲望和索取变化
由爱生恨的矛盾却在夜空滑落
即使深情款款也难奇迹显现
一个诗人既非歌手也非舞者
若一只小鸟不在清晨翩翩起舞
我就不会满怀憧憬着的欢喜
误以为那是姗姗来迟的真爱

生活啊，如今是我倦于希望

生活啊，如今是我倦于希望
就如同自己正视自己的影子
那不曾躲避或丢失的一部分
不愿被正视也未得到过正视

小时候觉察山和路遥远
夜晚如同单纯只剩黑和酣睡
漫长的磨砺的时光留下双眼
路途虽近，逝水流年，寝食难安

请正视你的目光，正像太阳
跟白云，一个带来阳光一个
随风而去，有幸碰巧造就雨水
那化作狂风骤雨后的灾难
又怎会体现大海和岩石的魅力
在期待中坚守，在绝望中逢春

告诉我你的答案

告诉我，什么是你的眼
什么牵动你的心
又是什么敲打着我们爱的烦恼
苦于无果，遗忘像耳边的风

时光经不起锤炼，青春黯然失色
假如我们默不作声
或在世俗眼里投下谎言
那么花费时间巨大的代价在等候什么

告诉我，什么是你的手
什么充盈你的血液
又是什么蒸发着我们体内的温柔
缘分恼人，错觉主导迷路于路口

自由，像风沙遗漏，幸福犹如在逃跑
假如我们低声说笑
或躲进黑夜将美梦尝尽
那么置身于一颗可爱的心在拥抱什么

告诉我，什么是你感动的答案
什么使你敞开心扉

又是什么洋溢着我们怀揣美丽而甜蜜的
絮语誓言

在人生的旅途中总能找到头戴花环
注视着明媚阳光下的幸福花园
驻足于我们的身影

奈何

心啊，青春已去，
生命的花儿你却没摘取。

——沙姆思·丁·穆罕默德·哈菲兹

奈何，奈何，春风化雨残
愁容撩拨回忆的轻波细浪
清澈悦耳的笑语恍如昨日

多年了，沉积细沙千般重
破碎的心儿因积水而坍塌
爱情的源头总是喷涌有力
流水潺潺却流经石缝消亡

寻求自由与狂热的吻难觅
金色的梦降临黑夜泪眸中
往事诉说前路漫漫望珍重

你热恋的心总有天会回归
将延续甜蜜的生活而进行
熟悉而美丽的面孔与秋波
追求者何其忠诚痴心不改

为什么人人都享有伴侣如永葆青春

为什么人人都享有伴侣如永葆青春
自己在漫长岁月里仍摸爬滚打

又常常审视高处与一颗心为命运担起
留下美、善、名誉和光荣如温暖爱情

火炬、篝火、星星？晴朗、磅礴
是太阳，还是依靠太阳发光的月亮

生存下去，赋予生命以外还要有思想
月球的一切不完美但首先要存在

逃离、坚持、致敬，其本质仍是消磨时光
但感到压抑、孤寂，或火热仍需一技之长之辛苦

就算痛苦和甜美脱离本质在时间长河中
仍将涌入忧郁困扰之奔腾而后平静柔和

那里，我爱的视如至宝早胜过我中肯的诗篇
自由思想寻觅大众之美

这里，如今这面庞和意志不相称的一对

回忆与美好也并未走入良夜

生命中，寻一些歌也要一些苦难
它们会得出智慧之树并释放情感之氧